Antoine Bello

Enquête
sur la disparition
d'Émilie Brunet

Gallimard

Né à Boston en 1970, Antoine Bello vit à New York. Il a déjà publié aux Éditions Gallimard un recueil de nouvelles, *Les funambules*, récompensé par le prix littéraire de la Vocation Marcel Bleustein-Blanchet 1996, et quatre romans, *Éloge de la pièce manquante, Les falsificateurs, Les éclaireurs*, qui a reçu le prix France Culture-Télérama 2009, et *Enquête sur la disparition d'Émilie Brunet*.

Pour Maddy, mon petit bijou

Liste des personnages

par ordre d'apparition

ÉMILIE BRUNET, née Froy : 34 ans. Épouse de Claude Brunet. A disparu en même temps que Stéphane Roget.

STÉPHANE ROGET : 38 ans. Instructeur de yoga. A disparu en même temps qu'Émilie Brunet.

CLAUDE BRUNET : 48 ans. Neurologue et professeur de sciences cognitives à l'université de Vernet. Soupçonné d'avoir assassiné Émilie Brunet et Stéphane Roget.

VICTOR VEGA : 30 ans. Inspecteur de police. A vainement torturé Claude Brunet pour lui arracher des aveux.

ANDRÉ LEBON : 52 ans. Procureur.

CHRISTIAN MAILLARD : environ 40 ans. Psychiatre de l'infirmerie de Riancourt où est hospitalisé Claude Brunet.

MLLE LANDOR : 50 ans. Gouvernante des Hêtres, la propriété de famille des Froy.

EUGÉNIE LAPLACE : 25 ans. Étudiante de Claude Brunet, avec qui elle a eu une liaison.

PIERRE-ANDRÉ MOISSART : environ 55 ans. Doyen de la faculté des sciences de Vernet.

MARIE ARNHEIM : 32 ans. Femme au foyer. Meilleure amie d'Émilie Brunet.

Mᵉ DESHOULIÈRES : environ 60 ans. Notaire de la famille Froy.

PAUL HERMANN : 55 ans. Directeur de l'infirmerie de Riancourt.

AUGUSTE : chien de Claude Brunet.

Mardi 2 mai

~~Reçu cet après-midi la visite d'Henri Gisquet. Je ne l'avais apparemment pas revu depuis mon accident. Malgré ses dénégations, j'ai bien senti qu'il me trouvait diminué. Monique l'avait semble-t-il tenu informé de nos ennuis domestiques. J'ai ainsi appris au détour de la conversation que nous avions revendu le moulin acheté l'été dernier dans le Sud pour notre retraite. Je ne nierai pas que j'aurais préféré l'apprendre autrement. Espérons que nous n'y avons pas laissé trop de plumes.~~

Henri me demande de l'aider sur une enquête. J'ai naturellement objecté que, dans mon état, je doutais de pouvoir lui être d'une grande utilité. Il n'a rien voulu entendre :

— Même affaibli, tu restes le meilleur enquêteur de la région. Que je sache, tu n'as jamais échoué dans une affaire d'homicide.

— Tu es bien renseigné. Dommage que le taux d'élucidation n'entre pas en compte dans les décisions de mise à la retraite anticipée...

Henri a prudemment laissé couler.

— Bien entendu, tu opéreras en marge de l'enquête officielle. Tu auras accès aux suspects et aux témoins mais c'est moi qui assurerai la coordination des recherches. Cela te laissera davantage de temps pour faire marcher tes petites cellules grises.

J'ai décelé une pointe d'ironie dans sa voix.

— Tu as tort de plaisanter, Henri. Prends garde que je ne te soulage de ton argent comme Poirot l'a fait avec Japp en lui pariant cinq livres qu'il pouvait résoudre l'énigme de la disparition de M. Davenheim sans quitter son fauteuil.

— Ma foi, je débourserais volontiers cinq livres, et même bien davantage, pour connaître le fin mot de cette histoire, d'autant qu'il y a une très forte récompense à la clé.

— Qui l'offre ? ai-je aussitôt demandé.

— Le mari de la disparue.

— Ne cherche pas plus loin, voici ton coupable.

— Allons, laisse-moi tout de même t'exposer les faits. Samedi de très bonne heure, Émilie Brunet, trente-quatre ans, mariée, sans enfants, quitte son domicile du quartier Saint-André au volant de sa voiture. Vers 6 heures et demie au dire de Léonie Valdemar, une voisine qui prenait l'air à sa fenêtre, elle se gare rue des Drômes et sonne au domicile de son amant, un certain Stéphane Roget qui se trouve être aussi son instructeur de yoga. Tous deux ressortent quelques minutes plus tard, en tenue de randonnée : short, coupe-vent, chaussures de marche et sac à dos pour Roget. Ils montent dans la voiture d'Émilie et s'éloignent en direction des boulevards extérieurs. On est sans nouvelles d'eux depuis trois jours.

— Qui a signalé leur disparition?

— Le mari. Claude Brunet, quarante-huit ans. Neurologue et professeur de sciences cognitives à la fac de médecine. Il attendait sa femme dans l'après-midi car ils avaient prévu de se rendre ensemble à un vernissage en début de soirée. Il a décommandé par téléphone auprès de la galerie peu après 20 heures, pensant qu'Émilie avait oublié son engagement et passait la nuit chez son amant. Un couple très libre, comme tu le vois. Dimanche, il a tenté de la joindre à plusieurs reprises avant de se rendre au domicile de Roget vers 18 heures. La même voisine, le voyant frapper aux carreaux, est sortie pour lui dire que les randonneurs n'étaient toujours pas rentrés. Brunet s'est enquis de l'adresse du commissariat le plus proche. Dix minutes plus tard, il se présentait devant l'officier de garde.

Henri a marqué une pause. Il s'était jusqu'alors exprimé avec la clarté et la précision que louaient déjà nos professeurs de l'école de police. Il était cependant visible qu'il répugnait à poursuivre.

— C'est ici que les choses se gâtent. Le poste était presque désert ce soir-là. Tu sais ce que c'est : un dimanche, la veille d'un jour férié par-dessus le marché. Entre les agents qui ont posé leurs congés et ceux qui se font porter pâle le matin, victimes d'une opportune intoxication alimentaire, il n'est pas rare que le taux d'absentéisme frise les 75 %...

— Combien étaient-ils, Henri? l'ai-je interrompu.

— Deux. Charrignon, que tu connais, et un jeune inspecteur nommé Victor Vega à qui sa qualité de benjamin du commissariat vaut d'assurer plus sou-

15

vent qu'à son tour les permanences du week-end. Un garçon plein de bonne volonté, mais pas forcément rompu à toutes les ficelles de l'interrogatoire... ~~Il s'est encore arrêté, cette fois sans faire mine de repartir. J'ai essayé de l'aider :~~

— Ne me dis pas qu'il a oublié de lire ses droits au toubib.

— Oh non! D'ailleurs, à ce stade, Brunet ne faisait que signaler une disparition. Vega a pris sa déposition — je sais ce que tu vas dire : à l'ancienneté, c'est Charrignon qui aurait dû s'en charger. Lui assure qu'il écoutait d'une oreille, tout en rangeant son bureau.

~~Ou en faisant son tiercé, n'ai-je pu m'empêcher d'ajouter en me rappelant que du temps où il servait sous mes ordres, Charrignon se portait systématiquement volontaire pour démanteler les réseaux de pickpockets qui sévissaient sur les hippodromes. Henri a haussé les épaules.~~

— Peu importe, à la limite. Vers 20 heures, il a prétexté de vagues obligations familiales pour prendre la tangente. Vega est resté en tête à tête avec Brunet. Que s'est-il passé ensuite? Nous ne le saurons jamais et c'est peut-être mieux ainsi. Vega prétend que Brunet faisait son malin, au point qu'il a commencé à le soupçonner d'en savoir plus long sur la disparition de sa femme qu'il ne voulait bien le dire. Sur le coup des 23 heures, il a placé Brunet en garde à vue — en lui lisant scrupuleusement ses droits.

— J'imagine qu'il n'a pas été simple de dégotter un avocat à minuit la veille d'un jour férié.

— À ce détail près que Brunet a jugé inutile de

réveiller son homme de loi ou même un avocat
commis d'office...

Henri épiait ma réaction du coin de l'œil. Je suppose
qu'il s'attendait à ce que je marque ma surprise.
Mais je me contentais pour l'instant de recueillir les
faits. Méthodiquement et sans précipitation.

— Vega a-t-il proposé de remettre l'entretien au
lendemain ?

— Hélas non. À cet instant, il était convaincu
que Brunet retenait sa femme séquestrée. Il n'allait
pas lui accorder une nuit de repos, même en cellule,
pendant qu'Émilie croupissait au fond d'un puits. Il
a au contraire intensifié l'interrogatoire...

Ses fonctions de chef de la police obligent parfois
Henri à d'étranges contorsions lexicales.

— Il l'a frappé ?

— Des claques d'abord. Puis des coups de poing.
Il se pourrait même qu'il ait utilisé sa machine à
écrire : on a retrouvé du sang sur le clavier. C'est
Lespinasse qui a arrêté le massacre. Quand il a pris
son poste à 6 heures le lendemain matin, il a cru que
le commissariat était vide, jusqu'à ce qu'il entende
des cris en provenance de la salle d'interrogatoire. Il
a couru à la porte. Vega s'était enfermé à clé et gueu-
lait à tue-tête : « Tu vas avouer où tu la caches, enfant
de salaud ! »

— Et Brunet ? Que disait-il ?

— Rien. Il gémissait. Lespinasse a finalement
réussi à enfoncer la porte et à ceinturer Vega. Brunet
était allongé sur le sol, menotté, le visage tuméfié, les
avant-bras couverts de brûlures de cigarette. Lespinasse a fait preuve d'un sang-froid remarquable. Il a

retiré les menottes de Brunet et s'en est servi pour accrocher Vega à un radiateur. Puis il a attrapé Brunet sous les aisselles et l'a tiré jusqu'à la salle de repos, où il l'a installé sur le canapé. Ensuite — ~~et seulement ensuite, a jugé bon de préciser Henri comme s'il répétait le témoignage qu'il servirait à la commission d'enquête~~ — il m'a appelé. Grâce au ciel, j'étais dans les parages et nous avons pu limiter les dégâts. Lespinasse a évacué Brunet vers l'infirmerie pénitentiaire de Riancourt. Il avait le nez et quelques côtes cassés mais aucun organe vital ne semblait touché. De mon côté, j'ai appelé Lebon, le procureur, en espérant devancer l'avocat de Brunet. Il n'était déjà pas ravi d'être réveillé aux aurores mais il s'est littéralement étranglé en apprenant le nom de notre pensionnaire. Car figure-toi que le sieur Brunet est une authentique sommité, un prix Nobel en puissance même, si l'on en croit ses collègues qui, soit dit en passant, n'ont pas l'air de le porter dans leur cœur. Quant à Émilie, c'est l'héritière des supermarchés Froy. Une galette personnelle supérieure au budget annuel de la police, d'où la récompense à sept chiffres offerte par Brunet à qui l'aidera à localiser sa femme.

— Qu'avez-vous décidé avec Lebon ? ~~ai-je demandé en notant pour la énième fois la fascination qu'exerce la fortune héréditaire sur les hauts fonctionnaires.~~

— De suspendre Vega avec effet immédiat, de le traduire en commission disciplinaire et de prolonger la garde à vue de Brunet jusqu'à nouvel ordre.

— Jusqu'à nouvel ordre? ai-je sursauté. Mais au nom de quoi?

— Suspicion d'enlèvement et de séquestration.

— Vous allez vite en besogne, il me semble. As-tu des témoins qui l'auraient vu suivre sa femme?

— Non.

— L'a-t-il jamais publiquement menacée?

— Pas à notre connaissance.

— A-t-il un alibi pour le week-end?

— Il affirme n'avoir pas bougé de chez lui mais personne ne peut le confirmer. Tout au plus les relevés téléphoniques attestent-ils l'appel à la galerie samedi vers 20 heures.

— Récapitulons : voilà un homme qui se présente spontanément à la police pour signaler la disparition de sa femme, que vous trouvez malin de torturer toute la nuit...

— La version officielle est «rudoyer», a maugréé Henri. Nous l'avons «rudoyé».

— Soit. Je suis sûr que l'avocat de Brunet apprécie la nuance.

— Il n'a pas d'avocat.

— Pas encore, tu veux dire.

— Non, il renonce pour le moment à toute représentation légale.

— Comment le sais-tu? Tu l'as rencontré? À Riancourt?

— Oui, il est officiellement toujours en observation. En réalité, il pourrait probablement rentrer chez lui mais cela nous forcerait à l'incarcérer, ce dont ni lui ni nous n'avons envie. Même s'il n'est pas question de l'interroger aujourd'hui, j'ai quand même tenu à lui rendre brièvement visite tout à l'heure pour lui présenter mes excuses ainsi que celles du ministre. Il était alité, avec une perfusion dans le bras, un masque sur le nez et un énorme cocard à l'œil gauche. Eh bien, crois-le si tu veux, cela ne l'a pas empêché de me témoigner les marques de la plus grande cordialité. «Je vous en prie, monsieur Gisquet, remballez vos excuses. L'inspecteur Vega n'a fait que son devoir. Il s'est imaginé que je lui dissimulais des renseignements; qui le lui reprocherait? Jurez-moi que cet incident ne lui attirera pas trop de remontrances.» Puis il a enchaîné sur cette histoire de récompense : un million pour tout renseignement permettant de retrouver Émilie, y compris ceux résultant du travail de la police.

— Fascinant.

— N'est-ce pas? J'ai immédiatement pensé à toi. Une affaire en apparence très simple...

— Et qui promet de l'être encore plus qu'elle n'en a l'air, ai-je complété pensivement.

— Que veux-tu dire?

~~Je me suis brusquement redressé sur ma chaise.~~

— Je veux dire, mon bon ami, que j'accepte ta proposition. Ce dossier m'intéresse. Tu dis que je peux rencontrer Brunet demain?

— Mais oui, je l'avertirai de ta visite.

— Qui sont les autres suspects?

— Tu seras probablement amené à rencontrer Mlle Landor, la gouvernante d'Émilie, ainsi que Marie Arnheim, sa meilleure amie. Cependant Claude Brunet constitue à mes yeux le principal, pour ne pas dire l'unique suspect.

— Allons Henri, tu sais comme moi que d'ici la fin de la semaine, nous aurons établi qu'au moins une demi-douzaine de personnes souhaitaient la mort d'Émilie Brunet. Il n'existe jamais qu'un seul suspect, ou alors c'est la preuve que quelqu'un essaie de lui faire porter le chapeau.

— Veux-tu visiter les Hêtres, la propriété des Brunet ? Lebon m'a délivré un mandat. J'ai vingt hommes sur place qui ratissent le domaine.

— Pour quoi faire ? Je n'ai pas besoin de me mettre à quatre pattes pour examiner les traces de pas, moi. Ni de ramasser les mégots ou d'examiner les brins d'herbe. Il me suffit de m'installer dans mon fauteuil et de réfléchir. (En tapotant mon crâne :) C'est ça, mon instrument de travail.

— Voilà que tu parles encore comme Hercule Poirot, a soupiré Henri. Veux-tu que je t'avoue quelque chose ? Je n'ai jamais bien compris cette adoration que tu portes à Agatha Christie. J'ai parcouru quelques-uns de ses livres, il est clair qu'elle ignore tout du métier de policier.

— Parce qu'être policier consiste selon toi à relever des empreintes et à vérifier des alibis, alors que pour moi, un détective est avant tout un expert en analyse, un spécialiste de l'âme humaine. Pour résoudre une énigme, j'écoute, je ferme les paupières puis je me retire en moi-même ; je vois alors avec les yeux de l'esprit et la solution du problème m'apparaît aussi évidente qu'une traînée de poudre sur la neige.

— Des mots que tout ça !

— Des mots ? As-tu lu *Le couteau sur la nuque* ?

— Jamais entendu parler.

— Je n'en suis pas surpris, c'est l'un des chefs-d'œuvre méconnus d'Agatha, la meilleure illustration peut-être de ma méthode. Écoute plutôt. Dès le premier chapitre, la célèbre actrice Jane Wilkinson charge Poirot d'une mission délicate : convaincre son mari, le rigide lord Edgware, de lui accorder le divorce afin qu'elle puisse épouser le duc de Merton dont elle s'est entichée. «Vous m'aiderez, n'est-ce pas ? implore-t-elle. Sinon, je serai obligée de sauter dans un taxi et de le liquider moi-même.» Peu après, Bryan Martin, un ami de l'actrice, confie à Poirot qu'il ne serait pas surpris si Jane, qu'il présente comme dénuée de tout scrupule, commettait un crime. «Un de ces jours, prévient-il, vous vous souviendrez de mes paroles.» Coup de tonnerre : le soir même, lord Edgware est découvert poignardé à son domicile. Naturellement, les soupçons se portent aussitôt sur Jane Wilkinson. Ils se muent en certitudes avec le témoignage du majordome. Arrivée en taxi vers 22 heures, la meurtrière a sonné à la porte et a demandé à voir lord Edgware. Comme le domestique — récemment engagé et ne connaissant donc pas Jane Wilkinson qui ne vit pas sous le même toit que son mari — hésitait à déranger son maître, la visiteuse a répondu : «Oh ! Inutile. Je suis lady Edgware. Il doit être dans la bibliothèque.» Sur ce, elle est entrée et a refermé derrière elle.

— Il n'y a que dans les livres qu'on rencontre des criminels aussi bien élevés, a ironisé Henri. Non contents d'annoncer leurs forfaits, ils poussent la complaisance jusqu'à laisser leur nom au majordome.

— C'est là que tu te trompes : l'assassin de lord Edgware est remarquablement intelligent, et Jane Wilkinson bien vite relâchée. Elle dispose, il est vrai, d'un alibi à toute épreuve : le soir du drame, elle dînait en compagnie d'une dizaine de convives à Chiswick chez sir Montagu Corner et n'a pris congé qu'à 23 h 30.

— Elle aura quitté la table...

— À peine une minute, pour répondre à un coup de téléphone.

Henri a réfléchi quelques instants. Je me garderais bien de le sous-estimer. Il est excessivement habile dans son métier.

— Alors la meurtrière se sera fait passer pour Jane Wilkinson...

— C'est en tout cas l'hypothèse sur laquelle Scotland Yard reporte ses espoirs. La coupable semble encore une fois toute désignée. Elle s'appelle Carlotta Adams, elle est comédienne et fait alors fureur à Londres dans un spectacle de music-hall. Le clou de son répertoire : une imitation plus vraie que nature de Jane Wilkinson.

— Et je devrais être impressionné ? s'est esclaffé Henri. Mais mon pauvre Achille, ton histoire est cousue de fil blanc !

— Tu as mille fois raison. C'est d'ailleurs bien pourquoi l'inspecteur Japp s'y laisse prendre. Il conclut rapidement à la culpabilité de Carlotta Adams qui, par une étrange coïncidence, a mis fin à ses jours en absorbant une surdose de barbituriques. Affaire classée ? Pas si vite. Hercule Poirot, à qui ce suicide providentiel inspire de sérieuses réserves, reprend une à une les pistes abandonnées par Japp. Il s'intéresse notamment à une lettre qu'a écrite Carlotta Adams peu avant sa mort, dans laquelle la comédienne affirme avoir été engagée pour servir de doublure à Jane le temps d'une soirée. Peu après, Donald Ross, un des convives du souper de Chiswick, est assassiné. Poirot comprend que Ross, qui venait de déjeuner avec Jane Wilkinson, n'avait pas retrouvé en elle l'actrice délicieusement cultivée avec qui il avait longuement conversé le soir de la mort de lord Edgware. Carlotta Adams avait bien tenu le rôle de Jane Wilkinson ce jour-là, mais pas où Scotland Yard le pensait : elle avait dîné chez sir Montagu où elle avait charmé les convives, tandis que Jane Wilkinson sautait dans un taxi, sonnait à la porte de chez elle pour être sûre d'être identifiée et plantait un poignard dans la nuque de son mari, exactement comme elle l'avait annoncé !

Mon exposé a laissé Henri de marbre.

— Ce Japp dont tu parles m'a tout l'air d'un abruti. Allons ! Il a deux suspectes pour ainsi dire interchangeables ; il sait que l'une a dîné à Chiswick, que l'autre a tué lord Edgware à Londres, et il n'envisage pas un instant que Jane Wilkinson pourrait être la meurtrière ?

— Je te trouve bien sévère avec ce pauvre Japp. Ne viens-tu pas de tomber dans le même panneau en oubliant de réintégrer Jane Wilkinson dans la liste des suspects à la mort de Carlotta Adams ? On imagine pourtant difficilement intrigue plus limpide : tout est écrit noir sur blanc. Page 10, Jane Wilkinson déclare : « Je vais sauter dans un taxi et liquider

mon mari. » Page 20, Bryan Martin enfonce le clou :
«Je ne serais pas surpris si Jane commettait un
crime.» Page 30, une femme descend d'un taxi,
sonne à la porte de la victime et se présente sous le
nom de Jane Wilkinson. Voilà, pour répondre à ta
question, ce que j'aime dans les romans d'Agatha :
la vérité s'y étale au grand jour et pourtant, seul
Poirot — et ton serviteur — la reconnaît.

Henri m'a dévisagé avec ce mélange d'amuse-
ment et d'incrédulité qui envahit parfois les traits
de Japp quand Poirot se laisse aller à d'innocentes
rodomontades.

Mercredi 3 mai

Quelle histoire ! C'est incontestablement moi qui l'ai écrite — je reconnais mon écriture — mais je n'en ai aucun souvenir.

Ce matin, un cahier rouge m'attendait sur la table du petit déjeuner. Monique, les yeux encore humides suite à notre explication, m'a dit que j'en avais fait l'acquisition hier après avoir reçu la visite d'Henri Gisquet et que je m'étais enfermé avec dans mon bureau. Puis elle a piqué du nez dans son journal, comme si le sujet était clos, tandis que je tournais lentement les pages en sirotant mon chocolat.

— Tu ne sais pas à quelle heure est mon rendez-vous, par hasard ? ai-je demandé quand je suis arrivé au terme de ma lecture.

— 10 heures, a répondu Monique sans lever la tête. La secrétaire d'Henri a appelé hier soir pendant que tu travaillais. Je t'ai sorti ton costume bleu marine, celui avec les rayures.

Il est 8 h 30 et je suis assis à mon bureau, face à la bibliothèque où sont rangés les romans d'Agatha. J'examine à nouveau mon carnet. C'est un cahier d'écolier piqué grand format, d'une qualité bien supérieure à ceux que m'achetait Maman quand j'étais gamin. Le papier, satiné à souhait, brille sans éblouir. Les lignes, d'un bleu délicat, se remarquent à peine. Au centre de la couverture cartonnée, un cartouche vierge me nargue. J'attrape un feutre noir et je trace en bâtons d'imprimerie : ENQUÊTE SUR LA DISPARITION D'ÉMILIE BRUNET.

Quelque chose me dit que je dois écrire, que c'est ce que j'ai de mieux à faire en attendant de rencontrer Claude Brunet. Mais écrire quoi ? Mes impressions sur l'affaire ? C'est un peu délicat : je ne dispose à ce stade que du récit d'Henri ou, pour être exact, de ce que j'ai jugé important de retranscrire parmi ce qu'il considérait pertinent de me dire.

Un premier commentaire tout de même sur la profession de Brunet. C'est un fait établi qu'on trouve parmi les médecins une proportion de meurtriers bien supérieure à leur pourcentage dans la population : Sheppard évidemment, mais aussi Roberts, Leidner et même Norman Gale, le dentiste. Ce n'est guère surprenant à la réflexion. Les médecins inspirent confiance, ils ont accès à une pharmacopée étendue et savent entre quelles vertèbres enfoncer leur lame pour obtenir une mort silencieuse et instantanée. Ils sont de surcroît les premiers appelés sur les lieux, ce dont ils profitent parfois, comme Sheppard, pour escamoter le dictaphone susceptible de les incriminer.

Je serais en revanche plutôt enclin à porter au crédit de Brunet le fait qu'il s'est spontanément présenté au poste pour signaler la disparition de son épouse (ce qui s'apparente selon moi, dans une affaire de meurtre, à découvrir le cadavre). Rares sont en effet les assassins qui, tels Gerda Christow ou Michael Rogers, tiennent à être aperçus sur les lieux du crime. Certains, comme Alfred Inglethorp, poussent même la prudence jusqu'à dormir à l'auberge voisine la nuit où leur femme succombe à une dose massive de strychnine.

Troisième observation, nous sommes en présence d'une situation classique de triangle amoureux.

Mais il est l'heure de partir. Tant mieux. Je commençais à tourner en rond.

*

Je vais m'efforcer de retranscrire aussi fidèlement que possible mon long entretien avec Brunet.

Il m'a reçu dans sa chambre d'hôpital, assis dans son lit. Il est salement amoché. Entre le masque qui lui mange le nez, les points de suture sur l'arcade sourcilière droite et le cocard qui lui ferme l'œil gauche, j'ai du mal à me faire une idée de sa physionomie. Tout ce que je peux dire, c'est que le front est dégagé, les cheveux bien plantés, les tempes légère-

28

ment grisonnantes. Stature athlétique. Un léger hâle. Probablement un très bel homme.

Bien que ne faisant plus partie des forces de police, j'ai tenu en préambule à m'associer aux excuses que lui avait officiellement présentées Henri.

— De quoi vous excusez-vous exactement ?

— Des mauvais traitements de l'inspecteur Vega, mais surtout de l'entorse impardonnable à la procédure judiciaire dont vous avez été la victime. Molester un suspect pour lui arracher des aveux n'est pas seulement répréhensible pénalement, c'est contraire à l'esprit du jeu : l'enquêteur ne doit compter que sur son habileté pour confondre l'assassin.

— Je suis heureux de vous l'entendre dire.

— Pour votre gouverne, il n'en a pas toujours été ainsi. Au Moyen Âge, instruire une affaire criminelle consistait le plus souvent à soumettre à la question les principaux suspects. Le roman policier, et avec lui le personnage du détective, a fait son apparition avec l'abolition de la torture.

— Posez-moi vos questions, monsieur Dunot.

— J'aimerais, pour commencer, entendre votre récit des événements du week-end, depuis le départ de votre femme samedi matin jusqu'au moment où vous avez décidé d'aller trouver la police.

— Je crains que ce ne soit désormais mon tour de vous présenter des excuses. Avec la meilleure volonté du monde, je ne puis vous répondre. J'ai constaté en me réveillant ce matin que je n'avais plus aucun souvenir des trois derniers jours. C'est mon ange gardien, l'inspecteur Charrignon, qui m'a exposé le contexte de mon hospitalisation. Je comprends que ma femme a disparu mais je suis malheureusement incapable de vous aider.

Il n'avait même pas l'air ennuyé. Je lui ai fait remarquer que son amnésie était bien commode.

— Mais ô combien compréhensible, a-t-il protesté. Les victimes de sévices se réfugient couramment dans l'amnésie. On peut difficilement le leur reprocher, vous ne trouvez pas?

— Non, bien sûr. Je compatis d'autant plus que je souffre moi-même d'une forme d'amnésie un peu particulière.

— Vraiment? Quelle coïncidence extraordinaire! Laquelle, si je puis me permettre?

— L'amnésie antérograde. Depuis un accident survenu l'année dernière, ma mémoire ne forme plus de nouveaux souvenirs. Je me réveille chaque matin en ayant tout oublié des événements de la veille.

— Ne vous plaignez pas. Dans les cas les plus aigus, le malade ignore ce qu'il faisait cinq minutes plus tôt. Votre médecin vous a-t-il décrit le fonctionnement de la mémoire? Mais non, suis-je bête! Même s'il l'avait fait, vous ne vous en souviendriez pas.

J'ai redoublé d'attention en pensant que je serais heureux demain, après les explications brumeuses de Monique, de relire celles, plus détaillées, de Brunet.

— Votre amnésie est causée par un dérèglement de l'hippocampe. Très schématiquement, les signaux recueillis par vos sens se fraient un chemin dans votre cerveau à travers un système hiérarchique comparable — vous excuserez la comparaison — à l'administration d'une grande entreprise. Chaque étage est peuplé d'agents zélés qui s'efforcent de traiter un maximum de dossiers à leur niveau pour éviter de déranger leurs supérieurs logés à l'étage supérieur. La plupart des dossiers ne dépassent pas le premier étage. «On me demande l'heure? Qu'à cela ne tienne, je donne des instructions aux yeux pour qu'ils se tournent en direction du poignet.» Imaginons à présent qu'un agent bute sur un problème qu'il ne sait pas débrouiller. «On me demande le temps qu'il fait à Tombouctou. Je n'en ai pas la moindre idée!» Au même moment dans le bureau contigu, un de ses collègues contemple, désemparé, un bulletin météo de Tombouctou, incertain de ce qu'on attend de lui. Chacun fait alors remonter son dossier au deuxième étage, où un agent plus gradé réunit les deux moitiés du problème. Dans cette entreprise, l'hippocampe occupe le dernier étage. Ne lui parviennent que les informations que les échelons inférieurs ont été incapables d'organiser en séquences connues, en d'autres termes tout ce qui est nouveau. Il stocke alors ces informations dans le néocortex, essentiellement pendant les phases de sommeil. Dans votre cas, l'hippocampe, ne reconnaissant pas la nouveauté, est incapable de la transformer en souvenirs.

(Ma plume ne rend pas justice à l'exposé extraordinairement limpide de Brunet.)

— Vous ne paraissez pas souffrir de graves troubles fonctionnels, a-t-il poursuivi. J'en déduis que si votre hippocampe est endommagé, votre néocortex, lui, est intact. Cela signifie que vous avez conservé votre mémoire procédurale — vous savez encore nager ou conduire — et que vous avez probablement accès à tous les souvenirs précédant votre accident.

— C'est exact. J'ai reconnu l'inspecteur Charrignon tout à l'heure, mais demain, j'aurai oublié votre visage.

— Tant mieux pour vous, a-t-il plaisanté. Comment votre accident est-il arrivé ?

Je lui ai répété le récit que m'en avait fait Monique ce matin :

— J'essayais d'attraper un volume coincé entre deux encyclopédies sur la plus haute étagère de ma bibliothèque. Le meuble, qui n'était pas fixé au mur, s'est renversé sur moi. On m'a retrouvé inconscient, enseveli sous les livres.

— Et quel ouvrage faisait ainsi l'objet de votre convoitise ?

C'est drôle, j'avais posé la même question à Monique.

— Une anthologie du roman policier.

— Bien que je connaisse la pathologie dont vous souffrez (si nous étions à mon bureau, je pourrais vous désigner sur un spécimen de cerveau le siège exact de votre mal), vous êtes le premier patient que je rencontre en chair et en os. M'autoriseriez-vous à satisfaire ma curiosité médicale en vous posant quelques questions ?

— Je vous en prie.

— Vous êtes marié ?

— Depuis trente-cinq ans.

— Je ne vous demande pas comment votre femme s'accommode de la situation car vous n'en avez probablement aucune idée.

À vrai dire, je m'en doute un peu. Monique m'a paru très lasse ce matin.

— J'éprouve une immense compassion pour les familles des victimes d'amnésie antérograde. Je n'imagine rien de plus terrible que de rejouer chaque jour la même pièce de théâtre. Vous avez des enfants ?

— Non.

— C'est une chance. Imaginez-vous ne plus pouvoir maintenir le contact avec eux, oublier qu'ils se sont mariés ou vous ont donné des petits-enfants. Vous réalisez naturellement que vous ne pourrez plus jamais déménager ?

— Nous avions acheté un moulin dans le Sud en vue de ma retraite prochaine, juste avant l'accident. J'ai appris au réveil que ma femme l'avait vendu.

— Elle a bien fait.

Son approbation m'a soulagé. La décision de Monique me turlupinait depuis ce matin.

— Mais dites-moi, a-t-il repris, votre amnésie doit singulièrement compliquer l'exercice de votre métier ?

— On s'habitue. ▮▮▮▮▮▮▮▮▮▮▮▮▮▮▮▮▮▮▮▮
▮▮▮▮▮▮▮▮▮▮▮▮▮▮▮▮▮▮▮▮▮▮▮▮▮▮▮▮
Heureusement, ni vous ni moi ne semblons atteints de troubles du langage. Sans quoi, de difficile, cette enquête serait devenue carrément impossible.

Notre entretien prenait un drôle de tour. Faute de pouvoir interroger Brunet sur son emploi du temps et n'en sachant pas encore suffisamment pour m'aventurer sur le terrain de ses relations conjugales, j'ai essayé d'en apprendre davantage sur son métier.

— Vous êtes neurologue, n'est-ce pas ?

— De formation oui, mais je préfère le terme de cogniticien.

(Il s'est livré à un long exposé sur sa spécialité, que je résume ici en laissant de côté les aspects les plus techniques tout en utilisant, dans la mesure du possible, les termes exacts qu'il a employés.)

— Je m'intéresse aux processus d'acquisition et d'organisation des connaissances, et plus particulièrement au contrôle de l'esprit sur la matière. Je vois que vous souriez. Je m'explique. Notre cerveau contient des dizaines de milliards de cellules nerveuses, les neurones. Chacun de ces neurones communique avec des milliers d'autres par des connexions qu'on appelle les synapses. Apprendre, c'est littéralement établir de nouvelles liaisons dans votre cerveau. Plus vous apprenez — et je n'établis volontairement aucune hiérarchie dans le type de savoir que vous choisissez d'acquérir —, plus votre réseau neuronal se complexifie, jusqu'à ressembler à un archipel d'îles microscopiques reliées entre elles par un enchevêtrement de ponts fins comme des cheveux d'ange. Notre compréhension du fonctionnement du cerveau a considérablement progressé depuis quelques décennies. Grâce aux avancées de l'imagerie médicale, nous savons désormais où se traitent les informations visuelles ou dans quelle partie du néocortex sont localisées les fonctions du langage. Nous avons également découvert que le cerveau est plastique. Il ressemble à une boule de glaise que nous passons notre vie à modeler. Si, par exemple, un enfant grandit dans un environnement multiculturel mais n'est pas exposé à la musique, la zone de son cerveau consacrée à l'apprentissage des langues s'étendra tandis que celle dévolue à la musique rétrécira. Ces phénomènes de recomposition, réversibles en théorie (à supposer que le même enfant, arrivé à l'adolescence, devienne subitement mélomane), se font de plus en plus difficiles avec l'âge. La glaise durcit, lentement mais sûrement. Rien n'est cependant jamais tout à fait perdu : j'ai vu certains vieillards, victimes d'accidents vasculaires cérébraux, se réapproprier, au prix d'efforts héroïques, des zones entières de leur cerveau. Nous touchons là au cœur de mes recherches : j'essaie de prouver — je crois avoir prouvé — qu'il est possible de façonner son cerveau par la force de sa volonté.

— Comment ?

— Grosso modo, en lui indiquant ce qui est important pour nous. Commencez à renifler à tout bout de champ et votre cerveau comprendra que vous faites de votre odorat une priorité. Il se mettra à établir de nouvelles connexions, à allouer dix neurones au lieu d'un à l'odeur du jasmin. Sous peu, vous aurez développé votre capacité olfactive dans des proportions considérables.

— Mais il est impossible d'aiguiser simultanément ses cinq sens !

— En principe, rien ne s'y oppose. Vous touchez cependant du doigt un point capital. Votre cerveau vous obéira d'autant plus docilement que vous l'aurez déchargé d'autres tâches subalternes. Je ne fais ainsi aucun effort pour mémoriser le nom ou le visage de mes étudiants. Dans le cas où l'un d'eux décline son patronyme, je vais même jusqu'à ordonner à mon cerveau de l'effacer.

— Le volume nécessaire au stockage de cette information serait pourtant des plus réduits, non ?

— En effet. Mais les conséquences sur l'organisation de mon néocortex pourraient, elles, se révéler désastreuses. La prochaine fois que votre femme vous demandera ce que vous avez mangé pour le déjeuner, ne commettez surtout pas l'erreur de fouiller dans votre mémoire : votre cerveau en déduirait que vous accordez de l'importance à l'archivage de vos menus. Économisez vos ressources pour les desseins qui en valent la peine.

— Par exemple ?

— À l'âge de dix ans (j'ai commencé à m'intéresser au cerveau à un âge où la plupart de mes camarades ignoraient même qu'ils en avaient un), j'ai lu un article sur la synesthésie, un phénomène relativement rare qui consiste à associer des impressions issues de registres sensoriels différents. Certains sujets perçoivent les lettres sous forme de couleurs : le A leur paraît noir, le I rouge, etc. L'auteur notait que, bien que la synesthésie soit d'origine essentiellement génétique, elle accompagne parfois la prise de drogues hallucinogènes. Comprenant qu'il était possible d'exacerber une disposition qui existait probablement à l'état de traces chez tous les individus, je me suis appliqué à développer ma synesthésie latente, et plus particulièrement ma synesthésie numérique, de toutes les variantes celle qui offre le plus d'applications en matière de mnémotechnie et de calcul mental. J'ai pris l'habitude d'associer à chaque nombre un objet familier choisi de manière arbitraire : au 1, un bâton ; au 2, un cygne ; au 3, un édredon ; et ainsi de suite jusqu'à 1 000, que je représente par un troupeau de dromadaires. Au bout de quelques mois, la magie a opéré. ~~Alors que je rencontrais le nombre 1 256 dans un traité d'astronomie, l'image d'un stère de bois s'est imposée avec la netteté désormais caractéristique de mes associations. Cela signifiait que mon cerveau avait pris le relais et me suggérerait désormais, sans que j'aie besoin de le solliciter, de nouveaux appariements.~~

— Au risque de vous paraître obtus, je vois mal les bénéfices que vous retirez de votre méthode.

— Ils sont innombrables. Je connais par exemple des milliers de numéros de téléphone. Quel est le vôtre ?

— 783 214 551.

— Autrement dit écureuil — casquette — balançoire. La prochaine fois que je voudrai vous appeler, je visualiserai un écureuil coiffé d'une casquette sur une escarpolette. Notez bien que cette conversion que je décompose pour vous s'opère à mon insu, de façon purement automatique. Je n'y pense pas davantage que vous ne pensez à poser le pied pour marcher. La même discipline déclinée dans différents domaines explique que je parle une douzaine de langues, que j'extrais la racine septième d'un nombre de cent chiffres en moins d'une minute ou que je peux réciter la Constitution à l'envers.

(Il a tenu à me gratifier d'une démonstration que je ne réclamais pas. L'aisance avec laquelle il a accompli ses tours successifs m'a épaté encore bien davantage que leur difficulté intrinsèque.)

— Ces exercices doivent vous sembler bien futiles. Mais sachez que les processus à l'œuvre, qu'il s'agisse pour moi d'apprendre l'islandais ou pour une personne atteinte de la maladie d'Alzheimer de retenir le prénom de ses enfants, sont rigoureusement identiques. J'ai connu ma plus grande satisfaction professionnelle quand un petit garçon trisomique, à qui je donnais depuis plusieurs mois des séances de gymnastique mentale *pro bono*, a repris devant moi son père qui s'était embrouillé dans les dates des leçons.

J'ai comparé — un peu sottement je l'avoue — sa méthode à celle de Felicity Lemon, la secrétaire de Poirot, qui travaille depuis longtemps à la mise au point d'un système de classement révolutionnaire.

— Vous avez l'air de bien connaître le roman policier, a observé Brunet.

— Avant mon accident, je projetais d'écrire une monographie sur Hercule Poirot. Vous avez lu Agatha Christie ?

— Comme tout le monde, je suppose.

Il a cité sans effort apparent les dernières phrases de *Dix Petits Nègres* : «Quand la mer se calmera, des hommes viendront de la côte avec leurs bateaux. Dix cadavres et un problème insoluble, voilà ce qu'ils trouveront sur l'île du Nègre.»

— C'est affreusement mal écrit, vous ne trouvez pas ? a-t-il lancé en épiant ma réaction.

Je me suis trouvé une nouvelle fois dans la position de devoir défendre Agatha.

— Pas du tout. C'est écrit simplement, de façon à mettre en valeur la complexité de l'intrigue.

— Tout de même, elle taille ses personnages à la hache, non? Le major bourru de retour des Indes, le fils de famille coureur qui dilapide l'héritage... (Moqueur :) « Elle n'était pas franchement jolie mais possédait une grâce indéniable, avec ses boucles noires et ses yeux immenses.» C'est un peu sommaire, non?

— Un bon roman policier ne dépasse pas deux cent cinquante pages. De trop longues descriptions nuiraient à l'intrigue.

— On peut être concis et original.

— Et qu'est-ce que ça changerait si Jacqueline de Bellefort avait une fossette au menton? Si elle ressemblait à une biche apeurée ou si le soleil se reflétait dans sa chevelure auburn? Ce qui compte, c'est qu'elle est assez séduisante pour avoir charmé Simon Doyle et pas suffisamment pour l'avoir retenu.

— Admettons. Au fond, le seul dont Agatha Christie ait soigné le portrait, c'est Poirot. Haut comme trois pommes, le crâne ovoïde, une moustache ridicule qu'il entretient avec un soin maniaque...

— Personnellement, j'aurais plutôt mentionné ses petites cellules grises, sa puissance de détection et sa connaissance incomparable de l'âme humaine.

— C'est ainsi que vous le voyez?

— C'est ainsi qu'il est.

— Et cela fait de lui un bon détective? a demandé Brunet sans dissimuler son scepticisme.

— Le meilleur du monde.

— Comment décririez-vous sa méthode?

— L'arme de Poirot, c'est la parole. Il met suspects et témoins en confiance, pour leur faire avouer ce qu'ils cachent, voire ce qu'ils ignorent eux-mêmes. Les criminels sont incapables de résister à la tentation de parler d'eux. Quand l'occasion se présente, même les plus endurcis finissent par se couper et révèlent ce qu'ils auraient dû garder secret.

— Je vous dirai tout ce que je sais, a promis Brunet. Quant à ce que j'ai oublié...

— Je le découvrirai, ai-je tranquillement complété.

Jeudi 4 mai

Grosse déception à la lecture de la dernière entrée.
La relation de mon entretien avec Brunet, succincte,
pauvre en nuances et terriblement désincarnée, est à
peu près aussi truculente qu'un dialogue entre deux
ordinateurs. Une telle aridité m'interpelle. Pourquoi
n'avoir consigné aucun des gestes de Brunet, aucune
de ses intonations, quand je sais l'importance que
peut revêtir le moindre détail dans un interrogatoire ?
Ai-je manqué de temps ou dois-je envisager que j'ai
perdu la main ? Car enfin, lorsque j'ai fait remarquer
à Brunet que son amnésie était bien opportune, j'ai
dû vriller mes yeux dans les siens. Qu'y ai-je lu ? Un
mélange de peur et d'indignation à l'idée que je
puisse mettre sa parole en doute ? Un air de supériorité moqueuse ? Je ne le saurai jamais. Quand bien
même je lui reposerais la question, je ne pourrai
jamais recréer les conditions exactes de cette première rencontre. Si Brunet est sincère, il aura eu le
temps de s'habituer à son état ; s'il ment, celui de
perfectionner son histoire. J'avais une occasion en or
de saisir la vérité sur son visage et je l'ai gaspillée.

La dynamique de notre entretien me laisse également perplexe. Sous couvert de curiosité médicale, Brunet m'a bombardé de questions, au point qu'il est permis de se demander en lisant mon compte rendu qui est le témoin et qui est l'interrogateur. Pourquoi me suis-je prêté à ce renversement qui, même dans le feu de l'action, n'a pu m'échapper? Espérais-je qu'en laissant Brunet se pencher sur ma cuirasse pour en rechercher les défauts, il m'exposerait imprudemment les failles de la sienne? ▬▬

▬▬▬▬▬▬▬▬▬▬▬▬▬▬▬▬▬▬▬▬▬▬
▬▬▬▬▬▬▬▬▬▬▬▬▬▬▬▬▬▬▬▬▬▬
▬▬▬▬▬▬▬▬▬▬▬▬▬▬▬▬▬▬

*

Appelé Maillard, le psychiatre de Riancourt, qui m'a réservé un accueil glacial. Il a examiné Brunet, dont il confirme l'amnésie, en précisant bien qu'elle n'est pas d'origine physiologique.

— Si l'on considère qu'un nez cassé, trois côtes fêlées et une arcade éclatée feraient presque partie du folklore policier, force est de constater que l'inspecteur Vega n'est pas parvenu, en dépit de son acharnement, à infliger de dommages physiques sérieux à sa victime, a-t-il narquoisement commenté. Le patient souffre toutefois d'une forme de stress post-traumatique aiguë qui l'amène à refouler provisoirement les violences qu'il a subies.

— Provisoirement? ai-je rebondi. Est-ce à dire qu'il va recouvrer la mémoire?

— C'est possible. Néanmoins, s'il prenait à vos

42

butors l'envie de soumettre le docteur Brunet à une nouvelle séance de punching-ball dans l'espoir d'accélérer son rétablissement, dites-leur bien qu'ils ne réussiraient qu'à aggraver son état.

— Le jugez-vous en mesure de répondre à des questions ne portant pas sur les événements du week-end? ai-je demandé en notant au passage la solidarité professionnelle perceptible dans la référence au titre de Brunet.

— Si vous les posez autrement qu'en lui coulant du plomb dans l'oreille, je n'y vois pas d'inconvénient.

Pendant quelques minutes, j'ai laissé Maillard s'époumoner en invectives contre la police. Sa colère se comprend d'autant mieux que le serment qu'il a prêté lui impose de soutenir inconditionnellement son patient. Je sers pour ma part une cause encore plus exigeante : la recherche de la vérité.

— Ma question ne va pas vous plaire, docteur, mais je me dois de vous la poser. Avez-vous envisagé au cours de votre examen que Claude Brunet puisse simuler son amnésie?

— Vous alors, vous ne manquez pas d'air!

— Je vous en prie. Deux personnes ont disparu et nous avons des raisons de penser que Brunet sait où elles se trouvent.

À son crédit, Maillard a pris le temps de réfléchir.

— C'est théoriquement possible. Il connaît mieux que personne les symptômes de l'amnésie et pourrait, je suppose, les reproduire sans difficulté. Tromper son entourage sur la longue période relève néanmoins du tour de force. Si Brunet simule, il finira par se trahir. Un jour, il laissera échapper, au détour d'une phrase, un détail prouvant qu'il n'a jamais perdu la mémoire. Vous n'en serez pas forcément plus avancés. Vous saurez qu'il ment, pas ce qu'il cache.

— En admettant que son amnésie soit authentique, pourriez-vous accéder à ses souvenirs par l'hypnose ?

— J'en doute. Soit Brunet retrouve la mémoire dans les semaines qui viennent, soit nous devrons admettre qu'en voulant exposer la vérité, l'inspecteur Vega l'a en fait irrémédiablement effacée.

*

Me suis rendu cet après-midi aux Hêtres, la résidence de famille des Froy. Énorme bâtisse victorienne couverte de lierre dont une façade donne sur un étang bordé de roseaux et l'autre sur les contreforts des Samorins. Les dépendances comportent une piscine, un court de tennis, des écuries et une cinquantaine d'hectares de forêts.

Par chance, Mlle Landor, la gouvernante d'Émilie, a pu me recevoir. Elle ressemble de manière frappante à Miss Williams dans *Cinq Petits Cochons*. Entre deux âges, mise modeste, physique ingrat (joues creuses, nez en lame de couteau, lunettes à double foyer, etc.). Nous avons pris le thé dans le séjour.

— Quand êtes-vous entrée au service de la famille Froy ?

— J'ai été embauchée comme répétitrice d'Émilie il y a vingt-deux ans. Charles et Mathilda Froy étaient fous amoureux de leur fille. Ils la couvaient même un peu trop. Un soir, alors qu'elle avait douze ans, Émilie est rentrée de l'école avec une vilaine entaille à la tempe. Elle a refusé d'expliquer ce qui lui était arrivé. Sur un coup de tête, ses parents l'ont retirée de l'école et m'ont engagée comme préceptrice.

— Émilie vous a-t-elle raconté comment elle s'était blessée ?

— Non, mais j'ai ma théorie là-dessus. Émilie était une enfant exaltée, qui souffrait profondément de n'avoir ni frères, ni sœurs, ni cousins. Elle reportait en conséquence toute son affection sur ses camarades de classe — parfois avec une certaine maladresse.

— C'est-à-dire ?

— Elle offrait trop vite son amitié, à des gamines qui, le plus souvent, ne la méritaient pas. Elle les couvrait de cadeaux coûteux et inappropriés, leur jurait fidélité éternelle et trouvait naturel d'exiger d'elles une disponibilité totale en retour.

— Que voulez-vous dire ? Qu'elle épiait leurs faits et gestes ?

— Bien plus que cela : leur esprit. Elle voulait constamment savoir ce qui se passait dans leur tête. Les premiers temps, l'amie se prêtait au jeu et livrait à Émilie le cheminement de ses pensées. Et puis un jour, elle n'en pouvait plus, et c'était la rupture, brutale, parfois violente.

— C'est ainsi que vous expliquez cette blessure ?

— Oui. Elle et sa flamme du moment ont dû échanger des noms d'oiseaux, peut-être même des gifles. Un caillou aura volé, lui entaillant la tempe.

Mais pour rien au monde elle n'aurait avoué à ses parents qu'on l'avait rejetée.

— Approuviez-vous la décision de M. et Mme Froy, à l'époque?

— Non. J'estime qu'à moins d'un handicap lourd, la place d'un enfant est à l'école. S'il n'est pas capable de vivre en bonne intelligence avec ses condisciples, comment trouvera-t-il plus tard sa place au sein de la société? Émilie souffrait d'un dérèglement affectif. Il fallait la guérir puis la renvoyer en cours. Cela m'a pris deux ans mais j'y suis arrivée.

— Comment?

— Par le dialogue d'abord. Cela a été d'autant plus facile qu'Émilie m'a tout de suite adoptée comme une sœur. Elle me demandait conseil sur tout. Je lui ai appris à deviner ce qui se passait dans la tête des gens, afin de ne pas avoir à le leur demander.

— Vraiment? Et quel est votre secret?

— Partez du principe que les êtres sont gouvernés par leurs instincts. Vous vous tromperez rarement, a-t-elle lâché d'un air pincé.

— Je vois, ai-je dit en pensant que dans l'esprit de Mlle Landor, le terme «d'êtres» recouvrait probablement plus d'hommes que de femmes.

— J'ai aussi initié Émilie à l'équitation. L'exercice physique l'aidait à canaliser son énergie. Ses parents lui ont fait construire un manège. Nous montions tous les jours. En peu de mois, elle m'a surpassée.

— C'est tout?

— Non. Je contrôlais étroitement ses lectures. Les jeunes filles sont tellement impressionnables à cet âge-là. Elles se farcissent la tête de... Oui, Armand?

Un gaillard rougeaud vêtu d'une vareuse bleue se tenait à la porte du séjour, sa casquette à la main.

— Le chauffagiste est là, Mlle Landor.

— Eh bien, conduisez-le à la salle des machines! a répondu impatiemment la gouvernante.

— Vous pensez bien que c'est ce que j'ai fait. Marin, le technicien, est très embêté. Le brûleur est fichu.

— Enfin, c'est insensé. Il l'a changé lui-même l'hiver dernier.

— C'est bien pour ça qu'il est embêté. Il demande si on n'a pas poussé la chaudière un peu fort dernièrement.

— Au mois de mai! Il ne manquerait plus que ça. Dites à Marin d'établir un devis. Je l'appellerai demain.

— Des soucis d'intendance? ai-je offert d'un ton compatissant après qu'Armand se fut retiré.

— Cela fait partie de mes attributions, a répondu Mlle Landor si fièrement qu'on aurait pu croire qu'elle avait elle-même saboté la chaudière. Quand Émilie est retournée au collège, M. et Mme Froy ont progressivement élargi mes responsabilités. Je supervise désormais l'ensemble du personnel.

— À savoir?

— La femme de chambre, la cuisinière, Armand notre homme à tout faire, et les deux jardiniers.

— En quoi consistent vos fonctions au juste?

— J'administre le domaine, je gère les relations avec les fournisseurs, je règle l'emploi du temps d'Émilie, je traite son courrier...

— Pas celui de Monsieur?

— Non.

— Pourquoi?

— Il ne me l'a pas demandé. Sans doute parce qu'il savait que je n'aurais pas accepté.

La défiance de Mlle Landor à l'égard des hommes n'excluait à l'évidence pas son employeur. Je me suis promis d'y revenir.

— Nous avons été interrompus tout à l'heure. Vous me disiez qu'Émilie avait repris une scolarité normale à l'âge de quatorze ans. Comment s'est passée sa réintégration?

— Bien. Elle était beaucoup plus équilibrée. Elle travaillait studieusement et montait deux fois par jour. Après son bac, elle a entrepris des études d'architecture qu'elle a arrêtées au bout de trois ans.

— Pourquoi?

— Elle rêvait, son diplôme en poche, de concevoir des gratte-ciel futuristes ou des salles de spectacle à l'acoustique révolutionnaire. Le stage qu'elle a effectué dans un cabinet en fin de deuxième année lui a ouvert les yeux : ces projets prestigieux sont le lot d'une poignée d'architectes, tandis que l'immense majorité dessine des parkings souterrains et planifie des issues de secours. Émilie n'aurait jamais eu la patience d'attendre son heure. Pas sans le soutien de ses parents en tout cas. Ils sont morts le jour de ses vingt et un ans dans un accident de voiture à la sortie de Longoyais.

— Qui conduisait?

— Charles. Il avait plu; la chaussée glissait. Il est sorti trop large dans un virage et la Ferrari a percuté un camion-benne qui arrivait en sens inverse. Mathilda est morte sur le coup, Charles a succombé à ses blessures pendant le transfert à l'hôpital Duchère.

— Émilie n'était pas à bord ?

— Non. Par une macabre coïncidence, elle prenait une leçon de conduite ce jour-là. Elle n'a décroché son permis qu'à la quatrième tentative. Aujourd'hui encore, je ne suis pas rassurée de monter en voiture avec elle.

— Émilie a-t-elle envisagé de succéder à son père à la tête de l'empire familial ?

— Non, elle s'en savait incapable. Elle a mis l'entreprise en vente, avec deux conditions : l'acquéreur devait s'engager à maintenir le siège social à Vernet et conserver l'enseigne Froy. C'était sa façon d'honorer la mémoire de ses parents. Puis elle a repris des études, en histoire de l'art cette fois-ci.

— C'était très courageux dans sa situation.

Mlle Landor m'a coulé un regard surpris, comme si elle regrettait de m'avoir jugé hâtivement.

— Je suis heureuse que vous le souligniez. Émilie avait toutes les excuses pour ne jamais travailler de sa vie. Mais elle avait soif d'apprendre et de prouver qu'elle n'était pas une de ces bécasses cousues d'or dont les frasques remplissent la presse à sensation. Elle a obtenu son diplôme avec les félicitations du jury. Nous étions tous extrêmement fiers d'elle.

J'imaginais les domestiques attendant, en rang d'oignons sur le perron, le retour de la lauréate.

— Et puis patatras ! Il a fallu qu'elle rencontre Claude Brunet dans une chasse à courre. Ç'a été le coup de foudre immédiat, au moins en ce qui concerne Émilie. Quand j'ai compris qu'elle était sérieusement mordue, j'ai pris mes renseignements sur le compte de Claude...

— Elle vous l'avait demandé?

— Non, mais j'estime que cela fait partie de mes fonctions.

— Et qu'a révélé votre enquête?

— Que Claude était un enseignant et un chercheur de très haute volée. Un cerveau de première classe, sans jeu de mots.

— Et sur le plan du caractère? ai-je insisté, en devinant que l'investigation de Mlle Landor ne s'était pas limitée à une évaluation des mérites académiques de Brunet.

— Que c'était un don Juan cynique et égocentrique, fondamentalement incapable de rendre une femme heureuse.

— Comment a réagi Émilie quand vous lui avez fait part de ces conclusions?

— Mal. Très mal même. On m'avait mal renseignée; Claude était formidable; il avait certes eu une vie sentimentale — j'aurais personnellement employé une autre épithète — chargée mais il était prêt à se ranger; j'apprendrais à l'apprécier, etc.

J'étais convaincu que l'explication avait été bien plus houleuse que la relation qu'en donnait Mlle Landor. Selon toute vraisemblance, Émilie avait mis la rancœur de sa gouvernante sur le compte de la jalousie et menacé la vieille fille de la porte si elle persistait dans son hostilité.

— Je me suis inclinée. Que voulez-vous? Le bonheur d'Émilie passe avant tout, même si je savais au fond de moi qu'elle déchanterait bien vite. Elle s'est mariée trois mois plus tard.

— Elle avait donc réussi à vaincre les réticences matrimoniales de M. Brunet?

— Oh, il est certains arguments auxquels un homme comme Claude a du mal à résister.

— C'est-à-dire?

— Vous m'avez parfaitement comprise, monsieur Dunot. Sa fortune faisait d'Émilie le plus beau parti de la région, du pays peut-être.

— Décririez-vous M. Brunet comme un homme intéressé?

Un fond d'honnêteté intellectuelle lui a interdit de me faire la réponse qui l'aurait soulagée.

— Pas exactement. Bien qu'il dépense sans compter, son train de vie n'atteint pas le dixième de celui d'individus moins fortunés que lui. Mais il aime afficher sa supériorité dans tous les domaines, y compris l'argent.

C'était une remarque intéressante, qui concordait avec l'exercice de chien savant auquel Brunet s'était livré devant moi.

— Savez-vous si les époux ont signé un contrat de mariage?

— Non. Émilie ne me consultait pas sur ce type de sujets, a répondu Mlle Landor d'un ton qui suggérait qu'elle ne se serait guère fait prier pour prodiguer ses conseils. Vous devriez interroger son notaire, Me Deshoulières.

— Je n'y manquerai pas. Vous qui partagez l'intimité de M. et Mme Brunet, comment qualifieriez-vous leur mariage?

— En un mot? Misérable. Claude trompe outrageusement Émilie depuis le premier jour...

— Vous en avez la preuve?

— Pendant des années, je n'ai pu compter que sur mon sixième sens. Je connais ce genre d'hommes, monsieur Dunot : ils ne s'amendent jamais. Émilie, pour sa part, s'obstinait à nier l'évidence. Et puis l'hiver dernier, elle a reçu une lettre d'une étudiante de Claude qui affirmait avoir eu une liaison avec lui. Elle a dû se rendre à la raison.

Pauvre Émilie, ai-je pensé. Comme si découvrir son infortune au courrier n'était pas assez cruel, il lui avait fallu de surcroît essuyer le triomphalisme de sa gouvernante.

— A-t-elle pris contact avec l'auteur de la lettre?

— Je l'ignore, mais j'ai indiqué le nom de cette dernière à l'inspecteur Charrignon.

— J'imagine que M. Brunet a passé un mauvais quart d'heure. Comment s'est-il défendu?

— Claude, se défendre? Vous le connaissez mal! Il a reconnu les faits, sans exprimer le moindre regret. Il pensait sans doute qu'Émilie lui passerait ses infidélités comme elle lui passait tout le reste.

— Le reste? Quel reste?

— Il la traite terriblement mal. Émilie ne tient aucune place dans sa vie. Pas une seule fois, par exemple, il n'a accepté qu'elle l'accompagne à une de ces conférences internationales où l'on s'arrache sa présence. Jamais un mot doux, jamais une attention délicate. Ce mufle ne lui souhaite même pas son anniversaire, sous prétexte qu'il refuse d'encombrer sa précieuse mémoire avec des dates de naissance.

— Pourquoi reste-t-elle avec lui?

— Au risque que vous ne vous forgiez une mauvaise opinion d'Émilie, Claude exerce sur elle un ascendant d'une nature quelque peu... honteuse.

Mlle Landor s'est efforcée de dissimuler le rouge qui lui montait aux joues en se mouchant.

— Autrement dit, elle l'a dans la peau.

— J'essayais de le formuler en termes moins prosaïques mais c'est à peu près cela. Claude maintient Émilie — ou plus exactement la maintenait à l'époque — dans une dépendance physique particulièrement avilissante.

— J'en déduis qu'elle est parvenue à s'affranchir de cette accoutumance?

— Oui, quand elle a commencé à fréquenter M. Roget, a dit Mlle Landor d'un ton dédaigneux qui sous-entendait que, pour elle, sa patronne resterait toute sa vie une victime consentante de la concupiscence masculine.

— Quand l'a-t-elle rencontré?

— Il y a environ six mois.

— Était-ce avant ou après avoir reçu la fameuse lettre?

— Peu de temps après. Je suppose qu'elle s'est sentie autorisée à rendre à Claude la monnaie de sa pièce. Ce n'est sûrement pas moi qui le lui reprocherai.

— Pour autant que vous puissiez en juger, Stéphane Roget rendait-il Émilie heureuse?

— Très heureuse. Ses cours de yoga lui laissaient beaucoup de temps libre, qu'il consacrait intégralement à Émilie. Ils allaient au théâtre, se promenaient sur les berges de l'Orgue, chinaient dans les salles des ventes. Tous les week-ends, ils partaient marcher dans les Samorins. Émilie rentrait le dimanche soir, courbatue mais radieuse.

— Pensez-vous qu'elle et M. Roget aient pu se perdre ou tomber dans une crevasse ?

— C'est peu probable. Stéphane a grandi à Longoyais. Il connaît les Samorins comme sa poche.

— Que croyez-vous qu'il leur soit arrivé ?

— Oh, je ne *crois* pas. J'en suis certaine. Claude les a tués tous les deux.

Depuis le début de l'entretien, Mlle Landor n'avait pas caché le dégoût que lui inspirait Brunet. Je n'en ai pas moins été impressionné par la tranquille assurance avec laquelle elle avait proféré ces accusations.

— Si c'est le cas, croyez bien qu'il en répondra devant la justice.

Elle m'a toisé d'un air condescendant dont j'ai malheureusement l'habitude.

— Vous avez affaire à forte partie, monsieur Dunot.

— Claude Brunet aussi, chère mademoiselle. Encore que, contrairement à moi, il n'en a probablement pas conscience.

Je m'apprêtais à prendre congé quand mon hôtesse m'a retenu sur le pas de la porte.

— Comment se fait-il que vous ne m'ayez pas interrogée sur mon alibi ?

— Parce que je vous sais innocente, mademoiselle. Au nom de la onzième règle de Van Dine.

Devant son air ahuri, j'ai cru nécessaire d'expliquer :

— Van Dine était un romancier du début du siècle dernier, le père du détective Philo Vance. Il est surtout connu pour avoir composé une liste de vingt règles que doit impérativement respecter tout auteur de roman policier. La première — et la plus célèbre — pose que le lecteur et le détective doivent avoir des chances égales de résoudre l'énigme qui leur est soumise. La onzième, à laquelle je faisais à l'instant référence, stipule que l'auteur ne peut choisir le criminel parmi le personnel domestique.

Mon interlocutrice a écarquillé les yeux derrières ses carreaux :

— Mais nous ne sommes pas dans un roman policier !

— Croyez-moi, mademoiselle, c'est de toutes les règles une des plus scrupuleusement observées. Il est arrivé à Agatha Christie de la transgresser dans ses nouvelles, jamais dans ses romans.

— J'insiste cependant pour vous communiquer mon emploi du temps. Samedi matin, je me suis levée vers 8 heures. Émilie avait déjà quitté la maison. J'ai pris mon petit déjeuner seule, avant de me rendre en ville où j'avais diverses courses à faire. J'ai retrouvé ma sœur pour le déjeuner dans une brasserie sur la place des Aiglons. Nous sommes allées au cinéma à la séance de 14 heures — par chance, j'ai conservé le talon du ticket, que je tiens à votre disposition. De retour aux Hêtres en fin d'après-midi, je me suis retirée dans ma chambre sans avoir aperçu Claude.

— Où étaient les autres domestiques?

— Dans leurs familles, comme tous les weekends. Je suis la seule à habiter sur place.

— Quand vous avez pris votre voiture, avez-vous remarqué si celle de M. Brunet était là?

— Non. Il parque sa voiture dans le garage attenant à la cuisine. La mienne dort à la belle étoile, sous un auvent près de l'étang.

J'ai dû lui promettre que je vérifierais son alibi, tout en sachant que Charrignon s'en était déjà chargé. En sortant, j'ai appelé Henri afin qu'il m'organise une entrevue avec la jeune femme qui prétend avoir été la maîtresse de Brunet. Il aurait aimé que je la rencontre dès ce soir mais je n'aurais pas eu le temps de retranscrire les deux entretiens. Je ne suis déjà même pas certain de pouvoir sortir Hastings. ~~Il va également envoyer une équipe de médecine légale jeter un coup d'œil à la chaudière.~~

Vendredi 5 mai

J'ai beaucoup mieux retranscrit l'interrogatoire de la gouvernante que celui de Brunet. Je ne me souviens évidemment pas de Mlle Landor, mais je me la représente avec une certaine netteté au point que si je la croisais dans la rue, il me semble que je la reconnaîtrais. C'est une bonne idée d'avoir noté sa ressemblance avec Miss Williams. Désormais, chaque mention de son nom déclenchera en moi un flot de réminiscences — une silhouette sèche et rabougrie, des photographies fanées, des tournures de phrases, des intonations — qui rendront ma lecture plus fluide. Je me demande à qui ressemble Brunet. Sa description, que je relis à l'instant, ne me fournit que peu d'indications. À Nevile Strange, peut-être, ou au Colonel Race.

Appelé Henri, qui m'a pris rendez-vous ce jour avec Eugénie Laplace, l'étudiante de Brunet. Il ajoute que l'examen de la chaudière n'a rien donné. Le fabricant a reconnu un défaut du carter et prend les frais de réparation à sa charge. Marin est soulagé, Henri bien embêté.

Mlle Laplace m'a reçu dans son appartement, un confortable trois-pièces rue du 14-Septembre qu'elle partage avec une étudiante en langues orientales. Elle m'a fait penser à Judith, la fille de Hastings qui séjourne à la pension de Styles dans *Poirot quitte la scène*. Même âge (environ vingt-cinq ans), même visage ovale, même port altier. Au vu de notre entretien, elle partage plusieurs autres traits avec son modèle : un caractère bien trempé, une grande indépendance d'esprit et une authentique passion pour la recherche scientifique. L'expression est précise et sans fard, mais aussi sans grande émotion.

~~Déduisant des volumineux ouvrages qui s'empilaient sur son bureau que je la surprenais en pleines révisions, j'ai promis de ne pas abuser de sa gentillesse.~~

— J'ai tout mon temps, monsieur Dunot. Vous comprendrez après avoir entendu mon histoire pourquoi je tiens absolument à vous aider. Après un premier cycle à Mortency, j'ai remué ciel et terre pour être admise à Vernet dans le département de Claude Brunet. N'étant pas médecin, vous ne mesurez probablement pas l'aura dont jouit Claude dans notre discipline. En l'espace de dix ans, il a bouleversé notre conception du fonctionnement du cerveau humain en conciliant au sein d'une théorie unifiée plusieurs découvertes qui paraissaient jusqu'alors contradictoires.

— Lesquelles ?

— Comme tout neurologue, il avait observé que certaines victimes d'accidents vasculaires cérébraux parviennent à recouvrer à force d'exercices une partie de leurs facultés. Par un processus connu sous le nom de neuroplasticité, le cerveau apprend à router ses instructions différemment, de même qu'un automobiliste, trouvant inondée la route qu'il emprunte habituellement, se rabat sur un nouvel itinéraire, quitte à parcourir une distance supérieure. Au même moment, une jeune chercheuse américaine, Elizabeth Gould, mettait en évidence un autre phénomène encore plus spectaculaire : la neurogenèse, c'est-à-dire la formation spontanée, à l'âge adulte, de nouveaux neurones.

— Je croyais pourtant que le nombre de nos neurones culminait vers vingt ans pour décliner ensuite de manière irréversible.

— C'était en effet la théorie couramment admise à l'époque, aussi Gould se heurta-t-elle à un scepticisme condescendant, jusqu'au jour où elle publia une série d'observations irrécusables sur l'apparition de nouvelles cellules neuronales dans l'hippocampe de macaques adultes.

J'ai sursauté à la mention du mot «hippocampe».

— Gould a prouvé que le stress inhibait la neurogenèse, mais elle n'a jamais réussi à expliquer pourquoi, fondamentalement, rats ou macaques généraient de nouvelles cellules quand rien dans leur vie quotidienne ne semblait le justifier.

— Et Claude Brunet, lui, y est parvenu ?

— Oui. Il a postulé que neuroplasticité et neurogenèse constituaient les deux volets d'un même problème. Si nous pouvons ordonner à notre cerveau de se reconfigurer après une attaque, a-t-il raisonné, pourquoi le phénomène observé par Gould ne serait-il pas lui aussi le produit de notre volonté ?

— C'est tout ? Cela paraît évident.

— Ça l'est — une fois qu'on vous l'a dit. La vérité s'étalait au grand jour et pourtant Brunet a été le seul à la remarquer. Il a retourné la théorie neurologique comme un gant : ce n'est pas notre cerveau qui façonne notre pensée, mais notre pensée qui façonne notre cerveau.

— On dirait le slogan d'une secte...

— Ce n'est sans doute pas tout à fait un hasard. Claude a le charisme d'un gourou. Il irradie un charme magnétique. Vous l'avez rencontré ?

— Une fois, ai-je prudemment répondu en me demandant si la sécheresse de ma retranscription signifiait que j'étais resté insensible audit magnétisme ou au contraire que j'y avais succombé.

— Alors vous comprenez ce que je veux dire. Sa réputation a beau le précéder, rien ne m'avait préparée au choc que j'ai ressenti quand il est entré dans l'amphi le premier jour de cours. J'ai eu l'impression de me trouver en présence d'un surhomme, d'un spécimen de ce que notre espèce pourrait devenir si elle se consacrait sérieusement au développement de ses facultés.

Son vocabulaire exalté contrastait avec l'impression de froide maîtrise que dégageait Eugénie Laplace.

— Vous êtes tombée amoureuse de lui ?

— Instantanément, comme toutes les filles de l'assistance. J'ai tourné la tête vers ma voisine. Je n'oublierai jamais son regard : il était chargé de haine et de jalousie. Nous n'étions plus des camarades d'études, mais deux femelles recherchant les faveurs du mâle dominant. Claude, en expliquant d'emblée qu'il ne mémoriserait pas nos noms, n'a rien fait pour calmer les esprits.

— Je vais sans doute vous paraître vieux jeu, mademoiselle, mais la pensée de Mme Brunet ne vous inspirait-elle donc aucune retenue ?

— J'ignorais — nous ignorions — absolument son existence. Vous devez me croire, monsieur Dunot. À la fin du cours, j'ai dévalé les gradins pour poser à Claude une question conçue pour révéler à la fois l'étendue de mon savoir et mon intérêt pour ses derniers travaux. Jouant des coudes sans vergogne, j'ai réussi à me frayer un chemin à travers la nuée de rivales agglutinées autour de lui. J'ai observé ses mains pendant qu'il finissait de répondre à une grande jument blonde qui se dandinait de manière obscène : il ne portait pas d'alliance.

— Allons mademoiselle, vous n'ignorez pas que certains hommes retirent leur alliance quand ils courent la prétentaine ?

— Non, bien entendu. Mais même les plus roués ne parviennent pas à dissimuler la légère décoloration qui subsiste à la place de l'anneau. La pigmentation des doigts de Claude était rigoureusement homogène. Nous sommes plusieurs à l'avoir remarqué. ~~Les jeunes femmes de cette génération ne cesseront jamais de me surprendre.~~

— Alors c'est que M. Brunet ne porte pas d'alliance.

— C'est possible. Je ne mentionne ce détail que pour vous expliquer pourquoi je ne me suis pas attendrie sur le sort d'une hypothétique épouse. Pour moi, il n'y avait pas de Mme Brunet. La chasse était officiellement ouverte.

— Le règlement de l'université n'interdit-il pas les relations entre les élèves et le corps enseignant?

— Si un tel règlement existe, je ne l'ai jamais paraphé, a sèchement répliqué Mlle Laplace. Posez donc la question au doyen Moissart.

— Quand êtes-vous devenue la maîtresse de Claude Brunet?

— Le jour où il l'a décidé. Dans mon cas, c'était le 23 septembre dernier. D'autres m'avaient précédée; d'autres ont pris ma succession.

— Où vous retrouviez-vous?

— Chez lui, 3 rue de Leipzig.

— Allons donc, il habite dans le quartier Saint-André.

— C'est ce que j'ai fini par apprendre. Je vous assure pourtant qu'à l'époque où je le fréquentais, Claude possédait un logement rue de Leipzig — un luxueux duplex avec terrasse.

— Une garçonnière, sans doute...

— Si c'est le cas, il s'y rendait très régulièrement. Le réfrigérateur était plein et le courrier du jour traînait sur la commode de l'entrée.

— Pardonnez mon indiscrétion, mais vous est-il arrivé de passer la nuit rue de Leipzig?

Ma question n'a pas semblé gêner Mlle Laplace le moins du monde.

— À plusieurs reprises.

— Claude repassait-il chez lui avant les cours?

— Non. Il avait une penderie pleine d'affaires, rue de Leipzig. Encore une fois, je n'ai jamais envisagé que cet appartement puisse ne pas être sa résidence principale.

— Quelles étaient vos activités ensemble?

— Aucune, hormis celle à laquelle vous pensez. En dehors de ces moments qui, soyons honnêtes, occupaient une bonne part de nos soirées, Claude se comportait comme si je n'existais pas. Il feuilletait des revues scientifiques, dont je découvrais le lendemain en classe qu'il avait mémorisé chaque mot. Il corrigeait des copies, rédigeait des articles, sans jamais se soucier de moi. Ah si, j'allais oublier : il lui arrivait de m'emmener au cinéma. Je n'ai jamais compris pourquoi du reste : il ne choisissait que des films qu'il connaissait par cœur.

— Vous souvenez-vous de leurs titres?

— Oh oui, c'étaient essentiellement des histoires de types dont les scénarios compliqués pour se débarrasser de leur femme finissent par achopper sur une broutille. *Le crime était presque parfait, Les Diaboliques*, ce genre de films. Claude prenait un plaisir immense à voir les griffes de la police se refermer sur l'assassin, même si l'échec de ce dernier était à l'entendre le plus souvent prévisible.

— Pourquoi?

— Parce que son plan, par sa complexité même, contenait toujours en germe les fondements de son échec à venir. Claude disait souvent que le crime parfait est aussi le plus simple.

— Mais encore? ai-je insisté en redoublant d'attention.

— Un crime comporte selon lui quatre variables : le mobile, l'arme, le corps et l'alibi. L'assassin, ne pouvant généralement pas cacher son mobile, doit s'ingénier à brouiller les autres éléments.

— Brouiller? Vous êtes certaine que c'est le terme qu'il a utilisé?

~~Les yeux pétillants de Mlle Laplace se sont lentement étirés tandis qu'elle sondait sa mémoire. Son cerveau ne pouvait sans doute pas rivaliser avec celui de Brunet mais il paraissait tout de même fichtrement bien ordonné.~~

— Non. Il a employé le mot «escamoter». Je m'en souviens car l'expression m'a fait penser à ces magiciens qui font disparaître un lapin en plein jour sous les yeux du public.

— Ces propos vous choquaient-ils?

— Non. D'abord parce qu'à l'époque je croyais Claude célibataire; ensuite parce qu'il avait l'habitude d'appréhender chaque situation de la vie quotidienne comme un défi lancé à son intelligence. Il dissertait du crime parfait comme il pouvait débattre des mérites du genre accusatif en espéranto ou du nombre optimal d'amniocentèses auxquelles devrait se soumettre une femme enceinte en fonction de son âge : rationnellement et sans jamais se laisser distraire par de quelconques considérations éthiques, morales ou religieuses.

— Qui a pris l'initiative de votre rupture? Vous ou lui?

— Moi.

— Puis-je vous demander pourquoi ?

J'ai senti Eugénie Laplace remobiliser ses forces. Elle avait jusqu'alors répondu à mes questions de bonne grâce mais il était clair que nous abordions à présent la partie de notre entretien qui lui tenait véritablement à cœur.

— En décembre dernier, une jeune femme que je ne connaissais pas est venue assister à un cours de Claude. Elle s'est assise au fond de l'amphithéâtre, sans se présenter, indifférente à la curiosité qu'elle suscitait. J'ai pris place d'autorité à côté d'elle, afin de pouvoir mieux surveiller une rivale potentielle. Claude, qui ne semblait pas avoir remarqué la visiteuse, a entamé son exposé, le plus brillant peut-être auquel il m'ait été donné d'assister. Parlant comme à son habitude sans notes, il traitait ce jour-là du combat éternel entre l'individu et les puissances qui le gouvernent, et notamment de la torture qui, bien qu'ayant quasiment disparu dans nos démocraties, a cédé la place à d'autres inquisitions tout aussi redou-tables comme le détecteur de mensonge ou la police de la pensée décrite par Orwell. La neuroplasticité, expliquait-il, rééquilibre les termes de la lutte en faveur de l'individu, en lui offrant les moyens de résister aux tentatives d'effraction mentale des forces de l'ordre. Mais je m'égare, ceci n'a rien à voir avec notre sujet...

— Au contraire, continuez, je vous en prie. Que disait M. Brunet sur l'effraction mentale ?

— Il n'existe selon Claude que trois façons de résister à la torture. La première, la moins efficace, consiste à refuser purement et simplement de parler.

Elle montre vite ses limites : au bout de quelques minutes ou de quelques heures selon son niveau de résistance physique, le torturé capitule. La deuxième technique s'apparente à de la tricherie : le suspect parle, mais il ment. En temps de guerre par exemple, le résistant pressé d'avouer l'heure et le lieu de son prochain rendez-vous avec ses complices fournit une date fictive et lointaine qui satisfait provisoirement la curiosité de ses tortionnaires tout en laissant à son réseau le temps de se réorganiser. Il offre ainsi sa vie pour sauver celle de ses compagnons car il sait que ses bourreaux le liquideront dès qu'ils comprendront qu'il les a dupés. D'où l'intérêt pour celui qui sait cloisonner son cerveau de recourir à une troisième technique, qui consiste à mentir tout en étant convaincu de dire la vérité.

— Je ne suis pas sûr de vous suivre...

— Il y a quelques années, Claude s'est penché, à la demande de la Direction nationale du renseignement, sur le profil neurologique des espions. Il a mis en évidence des disparités considérables entre les agents. Là où certains peinent à assimiler les détails les plus élémentaires de la légende qui leur servira de couverture, d'autres se glissent sans effort dans leur nouvelle identité. Selon les missions, ils ont grandi au sein d'une famille méthodiste à Lübeck ou ont servi comme enfants de chœur à Birmingham. Veufs et capitaines dans la marine marchande un jour, pères de quatre enfants et courtiers d'affaires le lendemain, ils passent de l'anglais à l'allemand aussi facilement que vous manœuvrez un interrupteur. Les plus aguerris jonglent ainsi entre une quinzaine de personnalités, en ayant mémorisé pour chacune son histoire (le prénom des grands-parents, l'adresse du bureau de poste dont dépend leur domicile...) et ses particularismes (couleur préférée, allergies alimentaires...). Claude a démontré que ces agents, véritables caméléons de l'état civil, possèdent tous, à des degrés divers, la faculté de compartimenter leur cerveau. À chaque nouvelle identité, ils créent une partition supplémentaire à l'intérieur de leur néocortex. Ils ne font pas semblant d'être un autre : ils sont cet autre, ce qui explique pourquoi, quand ils tombent entre les mains de l'ennemi, leurs dénégations ont d'inimitables accents de sincérité.

— Tout de même, naviguer entre ces différentes légendes doit être bigrement compliqué. Quid si votre capitaine dans la marine marchande ne parvient pas à réintégrer sa personnalité d'origine ?

— C'est précisément la question qu'a posée notre mystérieuse étudiante en interrompant Claude.

— Qu'a-t-il répondu ?

— Que l'espion devenait alors prisonnier de sa légende. « C'est affreux ! s'est exclamée la visiteuse. — Pas vraiment, a tempéré Claude. Il déambule au sein d'un rêve familier dont il a lui-même tracé les contours. — Mais dans lequel il est tragiquement seul, a rétorqué la jeune femme. Il pleure une épouse qui n'a jamais existé. Tout capitaine qu'il est, il sait à peine piloter un bateau ou manier un sextant. Et quand vient la nuit, il se saoule en solitaire dans sa cabine car ses hommes d'équipage sont des ectoplasmes qui n'ont même pas soif. »

— Qui voudrait vivre ainsi ? ai-je murmuré.

— Un garçon assis au premier rang a lancé à la perturbatrice qu'elle ralentissait le cours, que Claude n'enseignait que trois heures par semaine et qu'elle ferait mieux de réserver ses questions pour les séances de travaux pratiques. Que n'avait-il pas dit ! La jeune femme a fondu en larmes. Entre deux sanglots, elle a balbutié qu'elle s'appelait Émilie Brunet et qu'elle était l'épouse de Claude. Comme il ne lui parlait jamais de son travail, elle était venue se rendre compte par elle-même sur quoi portaient ses recherches. Elle faisait peine à voir. Elle n'était ni hystérique ni agressive, juste terriblement malheureuse.

— Comment a réagi M. Brunet ?

— Il n'a fait ni une ni deux : il a remonté les travées à grandes enjambées, a saisi Émilie par le bras et l'a escortée jusqu'à la sortie sans un mot. Nous nous sommes dévisagés, profondément mal à l'aise. Personne n'avait imaginé que Claude pût être marié. Les filles qui avaient couché avec lui auraient voulu disparaître sous leur pupitre, les garçons ricanaient pour masquer leur nervosité, mais la plus gênée, c'était encore moi.

— Je suppose que vous avez exigé des explications...

— Et comment ! J'ai débarqué le soir même à l'improviste rue de Leipzig, bien décidée à tirer cette affaire au clair. J'ai reproché à Claude de ne pas m'avoir prévenue de sa situation matrimoniale. Il n'a même pas tenté de se défendre. Quand j'ai suggéré qu'il s'apprêtait peut-être à quitter sa femme, il a eu le culot de me répondre qu'Émilie et lui étaient mariés jusqu'à ce que la mort les sépare. Je l'ai alors enfin vu pour ce qu'il est : un Narcisse de l'esprit qui se figure, sous prétexte qu'il a domestiqué ses neurones, qu'il peut plier les êtres et les choses à sa volonté. Avec le peu de dignité dont j'étais encore capable, j'ai rassemblé mes affaires et j'ai claqué la porte derrière moi. Je n'ai jamais remis les pieds rue de Leipzig.

Décidément, cette petite faisait honneur à son modèle. Judith Hastings n'aurait pas agi différemment.

— J'approuve votre comportement en tout point, mademoiselle, cependant vous n'aviez jamais espéré épouser Claude Brunet, n'est-ce pas ?

— Non, en effet, mais cela n'excuse pas sa conduite. Il a abusé de ma confiance. Je ne me serais jamais jetée à la tête d'un homme marié.

— Est-ce par vengeance que vous avez décidé d'écrire à sa femme ?

— Ni par vengeance ni au nom de je ne sais quel sentiment de culpabilité. Disons que j'éprouvais de la compassion pour Émilie. Elle m'avait émue. J'étais consciente que je risquais d'aggraver ses souffrances mais j'estimais qu'elle avait le droit de savoir quel monstre partageait sa vie. Apprendre qu'elle était l'héritière Froy n'a fait que renforcer ma détermination. Claude l'a à l'évidence épousée pour son argent. Une fois de plus, il a pris sans rien donner en échange.

— Émilie a-t-elle répondu à votre lettre ?

— Non. J'ai peur qu'elle ne l'ait pas lue très attentivement.

— Pourquoi dites-vous cela ?

Eugénie Laplace a hoché tristement la tête.

— Parce que je la suppliais de faire attention à elle.

*

Il est presque minuit. Monique est couchée. La ville dort. Je viens de sortir Hastings, qui attendait sagement, langue pendante, que je finisse mes exercices d'écriture. J'ai toujours goûté nos promenades nocturnes. Les ténèbres aiguisent la réflexion et font parfois surgir des détails qu'occultait paradoxalement la trop vive lumière du jour.

Pendant qu'Hastings reniflait les lampadaires, j'ai passé en revue les événements de la journée en me demandant si tout ce que j'ai consigné dans ce cahier méritait bien de l'être et si, plus grave, je ne laissais pas échapper un indice dont je ne puis compter qu'il me reviendra ultérieurement. J'ai l'impression, mon stylo à la main, d'être un sauveteur qui arrive sur les lieux du naufrage d'un paquebot. Des centaines de bras se tendent vers lui mais il n'a qu'un nombre limité de places dans sa barque. Comme lui, je dois choisir qui monte à bord et qui est aspiré par le néant. Sensation grisante, qui conférera tout à l'heure à mon coucher une forme de solennité.

Mais trêve de poésie. Quelques pistes de réflexion en vrac.

Si Brunet se targue de savoir déjouer la torture, pourquoi n'a-t-il pas convaincu Vega de sa sincérité ?

Portait-il son alliance en présence d'Émilie ?

Cette dernière connaissait-elle l'existence de l'appartement de la rue de Leipzig?

██
██
████████████████████████████

Charles et Mathilda Froy ont trouvé la mort à Longoyais, où a grandi Stéphane Roget. Faut-il y voir un lien?

Et enfin, cette question qui m'obsède : pourquoi Mlle Landor n'a-t-elle pas mentionné qu'il arrivait à Brunet de découcher?

Je ne vois que trois réponses possibles. 1) Elle l'ignore. 2) Elle a estimé que cela ne me regardait pas. 3) Elle me l'a dit et j'ai oublié de le noter.

La dernière hypothèse est malheureusement la plus probable. Si elle se confirme, c'est la fin d'Achille Dunot.

Samedi 6 mai

L'angoisse qui m'a étreint en lisant les derniers mots aura été de courte durée. Appelé Mlle Landor. Elle a paru surprise de m'entendre un samedi matin mais a rapidement dissipé mes inquiétudes : elle ne m'a pas parlé des découchages de son patron pour la bonne raison qu'elle en ignore tout. Brunet a souvent déjà décampé quand elle se lève. Il voyage aussi beaucoup. Mlle Landor tient à préciser qu'elle croit qu'il profite de ses déplacements pour courir le guilledou, tout en reconnaissant n'en avoir aucune preuve. Elle n'a jamais vu Brunet sans son alliance et pense qu'elle l'aurait remarqué.

Elle est par ailleurs tombée des nues quand j'ai mentionné l'existence de l'appartement de la rue de Leipzig. Elle exclut qu'il puisse appartenir à Émilie dont elle administre le patrimoine immobilier. Elle a tenté de m'extorquer des détails sur ce qu'elle appelle narquoisement «le nid d'amour de Claude». Je me suis retranché derrière le secret professionnel.

Contacté dans la foulée Pierre-André Moissart, le doyen de la faculté des sciences dont j'ai trouvé le numéro dans l'annuaire. Il a accepté de me recevoir sur-le-champ à son bureau. Petit homme ridicule, chimiste de formation, qui cache son insécurité existentielle sous un bouc taillé en pointe et des airs pontifiants. Je ne lui trouve (heureusement) pas d'équivalent dans l'œuvre d'Agatha. Je ne retranscris pas notre conversation, qui a davantage porté sur le fonctionnement de l'université que sur la personnalité de Brunet, et me borne à en consigner les deux enseignements principaux.

Il existe bel et bien au sein du règlement de la faculté des sciences un article qui proscrit les relations entre professeurs et étudiants. Son introduction, relativement récente, a donné lieu à une passe d'armes homérique entre Brunet et les services juridiques de l'université. Ceux-ci soutenaient que le nouvel article s'appliquait automatiquement à tous les enseignants en poste, dont la signature en bas de leur contrat de travail valait adhésion au règlement intérieur. Brunet a contesté cette interprétation, arguant par l'intermédiaire de son avocat que le nouvel article constituait une modification substantielle de son contrat et que l'absence dudit article avait justement pesé d'un grand poids quinze ans plus tôt quand il avait préféré Vernet à d'autres établissements plus renommés. Mon interlocuteur s'étant exprimé à demi-mot, je l'ai prié de confirmer ma reformulation tant son histoire me paraissait incroyable : un membre du corps académique avait menacé de quitter la faculté pour conserver son droit à pourchasser ses étudiantes. Moissart, très gêné, a hoché la tête. Il a ajouté que

Brunet avait eu gain de cause, à condition de garder le silence sur cet arrangement inédit.

Je n'étais pas au bout de mes surprises. J'ai en effet aussi découvert que le duplex de la rue de Leipzig appartient à l'université, qui en concède l'usage à Brunet. Faute de pouvoir augmenter le traitement de ses meilleurs professeurs en raison de la rigidité des grilles salariales de la fonction publique, Moissart est obligé de recourir à toutes sortes de subterfuges afin d'aligner leur rémunération globale sur les standards internationaux : appartements de fonction, séjours d'agrément maquillés en voyages professionnels, etc. Bien qu'il s'agisse selon le doyen d'une pratique courante, j'ai tout de même l'impression que Brunet est le principal bénéficiaire de ces largesses.

Une vague de panique s'est emparée de Moissart quand il a appris qu'Émilie ignorait vraisemblablement tout des avantages négociés par son mari. Je l'ai vu blêmir, soudain très inquiet des éventuelles répercussions légales, et griffonner quelques mots sur son bloc-notes.

Avant de prendre congé, je lui ai demandé si le conseil d'administration envisageait de prendre des sanctions administratives à l'encontre de Brunet. Il s'est rengorgé et m'a lâché du haut de son mètre soixante : «Il n'est pas dans les habitudes de cette université de laisser tomber les siens. À ma connaissance, Claude n'est accusé de rien. Nous lui maintenons toute notre confiance.» Une telle loyauté force le respect.

*

Pris le temps cet après-midi de recenser les cas de disparition dans l'œuvre d'Agatha. Ils sont relativement nombreux (*Le crime du golf, Destination inconnue, Un, deux, trois...*) mais seuls quelques-uns constituent le ressort principal du récit.

Dans *Poirot joue le jeu*, Hattie Stubbs disparaît en plein milieu d'une kermesse. Poirot découvre qu'elle s'est enfuie, grimée en auto-stoppeuse, après que son mari a assassiné une jeune fille du village qui les faisait chanter.

Même mécanisme dans l'une des *Enquêtes d'Hercule Poirot*, où le financier Davenheim, sachant son empire au bord de s'effondrer, se cache en prison sous une fausse identité.

Me suis ensuite plongé dans mon anthologie du roman policier, celle-là même qui m'a assommé. Elle ne référence qu'un seul cas de disparition un peu sérieux et encore celui-ci date-t-il du XIXe siècle.

En 1870, alors au faîte de sa gloire, Charles Dickens s'attela à la rédaction d'un roman intitulé *Le mystère d'Edwin Drood*, conçu pour être publié à raison d'un épisode par mois pendant une année.

Au début du livre, Drood se prépare à épouser Rosa Bud, qui est orpheline comme lui. Il ignore que son oncle et tuteur légal John Jasper, maître de chœur à la cathédrale de Cloisterham, a lui aussi des visées sur Rosa. Drood disparaît quelque part au milieu du troisième épisode. Jasper accuse d'abord Neville Landless, un énième prétendant de Rosa, d'avoir assassiné son neveu. Puis apprenant qu'Edwin et

Rosa avaient rompu leurs fiançailles, il déclare sa flamme à la jeune fille, qui l'éconduit.

Dickens succomba à une attaque le 9 juin 1870 en laissant son roman inachevé et ses lecteurs en rade (les quatrième, cinquième et sixième épisodes, écrits avant sa mort, parurent toutefois entre juillet et septembre).

Plus d'un siècle après la mort de Dickens, le sort d'Edwin Drood fait encore l'objet de spéculations considérables. Même s'il est généralement admis qu'Edwin est mort, certains lecteurs affirment qu'il se cache sous les traits du personnage de Dick Datchery qui apparaît dans le cinquième épisode, le visage mangé par une imposante barbe blanche de toute évidence postiche.

De nombreux éléments plaident en faveur de l'hypothèse de l'assassinat de Drood par son tuteur Jasper. Dans une lettre à son biographe, Dickens présente son livre comme «l'histoire du meurtre d'un neveu par son oncle». Le fils de l'auteur prétendait aussi que son père lui avait explicitement confirmé la culpabilité de Jasper. Enfin, selon l'illustrateur des six premiers épisodes, Dickens avait insisté pour que Jasper arborât une cravate sur l'une des couvertures car, disait-il, «c'était ainsi qu'il avait étranglé son neveu». (Plus important encore selon moi, Edwin rencontre une femme opiomane quelques heures avant de disparaître. «Comment vous appelez-vous? demande-t-elle. — Edwin», répond-il. La femme pousse un soupir de soulagement. «Tant mieux. Si vous vous étiez prénommé Ned, vous auriez été en grand danger.» Edwin ne prête pas attention à l'incident car une seule personne l'appelle Ned : son oncle Jasper.)

Malgré une telle accumulation d'indices, John Jasper compte son lot de défenseurs. Les uns prétendent qu'à l'instar de Norton dans *Poirot quitte la scène*, il aurait agi par procuration en droguant Neville Landless afin qu'il assassine Edwin à sa place. Les autres voient en lui un bouc émissaire, une sorte de Ralph Paton avant la lettre. «C'est parce que tout accuse Jasper qu'il est innocent, raisonnent-ils. Dickens l'aurait disculpé dans les épisodes suivants en déplaçant les soupçons vers d'autres personnages encore peu développés à ce stade de l'intrigue.» Ce dernier argument me frappe par son bon sens. Si les romans policiers font 250 pages, c'est parce qu'il est impossible d'en deviner l'assassin après 125.

*

Dîné à la maison avec Henri Gisquet. Je lui ai trouvé mauvaise mine. Il s'investit dans cette affaire avec une ardeur à laquelle je soupçonne que la faramineuse récompense promise par Brunet n'est pas étrangère. Il n'a pour autant réalisé aucun progrès depuis le début de l'enquête. L'appel à témoins lancé par voie de presse n'a pas fourni le moindre renseignement exploitable. La dernière communication sur le portable d'Émilie remonte au matin de la disparition. Les cartes bancaires des deux amants sont muettes depuis une semaine. Quant à Brunet, personne ne se souvient l'avoir aperçu ce fameux week-end qu'il prétend avoir passé cloîtré aux Hêtres.

Comme l'eût fait Japp en pareilles circonstances, Henri a réclamé des renforts pour intensifier les recherches. Dès lundi, la police scientifique procédera à des relevés d'empreintes dans tous les refuges des Samorins, tandis que des hommes-grenouilles sonderont les fonds des principaux lacs de la région.

— Tes plongeurs rentreront bredouilles, ai-je gentiment averti Henri. Tu t'obstines à renifler les pistes et à retourner les pierres au lieu de faire fonctionner tes petites cellules grises.

— Tu peux parler, a-t-il bougonné. Tu ne me parais guère plus avancé que nous.

— Détrompe-toi mon ami. Nous sommes face à un puzzle. Pour l'instant, je secoue la boîte pour faire remonter coins et bordures à la surface. Quand j'aurai fini d'assembler le pourtour, les autres pièces se mettront tranquillement en place. Parole d'Achille.

Monique a souri. Après le départ d'Henri, elle m'a dit que l'enquête me réussissait, que j'avais retrouvé un certain entrain. Nous avons fait l'amour. Il paraît que c'était la première fois depuis l'accident. Je n'avais rien oublié.

J'ai remarqué que la note sur laquelle je terminais mon récit le soir influençait mon humeur du lendemain. Je veux être heureux. Je suis heureux.

Lundi 8 mai

Je vérifie le calendrier. Nous sommes bien lundi. Ma dernière entrée remonte à samedi. Je n'ai donc rien écrit hier. Aurais-je oublié de poser le cahier sur la table de la cuisine en allant me coucher samedi soir ? Ou la journée de dimanche était-elle si peu mémorable que je n'ai même pas jugé utile d'en relater les grandes lignes ? Monique, à qui je pose la question, semble pourtant ravie de son week-end :

— Tu t'es bien reposé. Nous avons traîné au lit le matin puis nous sommes partis pique-niquer à Longoyais.

— Longoyais ? ai-je tiqué. Qui a suggéré cette destination ?

— C'est moi, a répondu Monique, je voulais voir les cerisiers en fleur.

— Comment me suis-je comporté sur place ? Ai-je fureté à droite à gauche ? Posé des questions sur un certain accident de voiture ?

— Mais non, tu ne m'as pas quittée un instant. L'après-midi, nous avons assisté à un concours de cerfs-volants. Hastings courait comme un fou derrière les banderoles.

Je suis perplexe.

À l'instant, Henri m'appelle pour me fixer rendez-vous avec Marie Arnheim, la meilleure amie d'Émilie. ~~Elle m'attend à son club de golf pour le déjeuner.~~

*

Mme Arnheim est une superbe femme d'une petite trentaine d'années, dont les yeux bleu clair et la magnifique chevelure blonde relevée en chignon m'ont immédiatement fait penser à Greta Andersen. ~~Elle m'a présenté son mari, un avocat d'affaires au physique tout aussi spectaculaire, qui déjeunait à une table voisine avec ses partenaires de golf. Ses deux enfants, reconnaissables à leur casque blond, s'ébattaient dans la piscine.~~

Dès ses premières paroles, j'ai compris que Marie Arnheim était le témoin idéal dans ce genre d'affaires. Terre à terre, dotée d'une bonne lecture des êtres et des situations, elle connaît Émilie Brunet depuis près de quinze ans et évolue dans le même milieu social qu'elle. Pour ne rien gâter, elle s'exprime sans détour, avec un sens de la formule propre à déclencher de fécondes associations d'idées. Elle m'a tout au long de notre entretien fourni un matériel considérable.

— J'ai rencontré Émilie à la fac, a-t-elle expliqué en picorant sa salade. Elle parlait déjà de plaquer ses études. Elle sortait d'une expérience traumatisante en cabinet et savait qu'elle n'exercerait jamais la profession d'architecte. Ça ne l'a pas empêchée de me prendre sous son aile, alors que j'avais deux ans de moins qu'elle et que je débarquais à Vernet.

— Comment se manifestait cette protection ?

— Elle me recommandait des bouquins, m'indiquait les profs à éviter ou les matières à bûcher. Elle m'a aussi appris à travailler en bibliothèque. Je ne sais pas ce qu'on vous a dit sur elle, mais elle en a dans la tête. Trop sensible, ça c'est sûr, mais loin d'être idiote. Elle aurait décroché son diplôme haut la main si elle avait passé l'examen. Notez bien que ça ne l'aurait pas avancée à grand-chose car elle aurait été malheureuse comme les pierres dans ce métier.

— Pourquoi ?

— Parce que c'est une incorrigible romantique. Elle prenait les architectes pour des artistes. Or les gros cabinets sont des boîtes comme les autres, où les associés ne pensent qu'à gonfler les factures et exploiter leurs collaborateurs. Sans compter qu'Émilie voulait dessiner des palais des Mille et Une Nuits, pas des galeries marchandes.

— Elle aurait pu s'établir à son compte et choisir ses clients.

— Mais les clients, eux, ne l'auraient pas choisie. Personne n'engage un architecte sans de solides références. De toute façon, la question ne s'est jamais posée. L'accident de ses parents a eu raison de ses dernières velléités.

— Avant d'évoquer cette période, savez-vous si Émilie ou la police ont envisagé que la mort de Charles et Mathilda puisse avoir des causes autres qu'accidentelles ?

Marie Arnheim a froncé les sourcils.

— Vous voulez dire qu'on aurait pu saboter leur Ferrari ?

— Par exemple.

— Non, personne n'a soulevé cette hypothèse à ma connaissance. Il pleuvait des seaux, la chaussée était une vraie patinoire et Charles avait tendance à se voir meilleur pilote qu'il ne l'était en réalité. Croyez-moi, il s'agissait bien d'un accident.

— Le chauffeur qui venait en sens inverse ?

— Tué sur le coup. Un brave père de famille.

— Reprenez, je vous prie.

— Je disais qu'Émilie avait traversé une mauvaise passe suite à la mort de ses parents. Ils représentaient toute sa vie, la seule famille qu'elle ait jamais eue. Elle n'était absolument pas préparée aux responsabilités qui se sont abattues sur elle. Du jour au lendemain, elle s'est retrouvée à la tête d'un groupe de distribution, d'un parc de voitures de course et d'une armée de domestiques. Elle était assaillie de sollicitations : le conseil d'administration de Froy, les notaires, le fisc, tout le monde réclamait ses arbitrages. Pendant quelques semaines, j'ai eu peur qu'elle ne commette une bêtise et puis un jour, elle a brusquement fait face. Elle a mis le groupe et les automobiles en vente, réglé ses droits de succession et liquidé la fondation philanthropique Charles et Mathilda Froy.

— Tiens ? Cela ne cadre pas avec l'image que j'ai d'elle.

— Il est pourtant essentiel que vous saisissiez cet aspect de la personnalité d'Émilie. Ses parents s'étaient lancés très jeunes dans l'action caritative. Elle avait littéralement cimenté leur couple. Ils pouvaient ferrailler sur le choix d'une association ou débattre de la meilleure façon de structurer une donation, mais en finissant toujours par se réconcilier, ils donnaient naissance à une entité qui les dépassait : la volonté de Charles-et-Mathilda. Deux idéaux en engendraient un troisième. Émilie espérait ardemment partager cette expérience un jour avec son mari.

— Je comprends. Avez-vous approuvé sa décision de reprendre des études d'histoire de l'art ?

— Sans réserve. Elle avait besoin de prendre un nouveau départ et s'intéressait à la peinture depuis longtemps.

— Diriez-vous qu'elle a du talent ?

Marie Arnheim a laissé le serveur débarrasser son assiette avant de répondre.

— Non, pas exactement. La nature l'a dotée d'une vibrante sensibilité artistique, que ses parents ont su nourrir en lui donnant les meilleurs professeurs et en l'emmenant dans les musées du monde entier. Elle possède aussi un joli coup de crayon et le sens de la couleur mais elle n'a pas cette perspective singulière, ce regard déformant, qu'elle recherche chez les artistes qu'elle collectionne.

— J'ai entendu dire qu'elle avait rencontré Claude lors d'une chasse à courre...

— C'est exact. Charles Froy et Claude faisaient partie du même équipage. À la mort de Charles, les autres veneurs ont proposé sa place à Émilie, qui montait déjà à la perfection. Elle est rentrée de sa première chasse tout émerveillée. Le chevreuil qu'ils poursuivaient leur avait échappé mais elle avait fait, à l'en croire, une bien plus belle prise. Peu après, elle a organisé une fête en l'honneur de Claude pour le présenter à ses amies.

— Qu'avez-vous pensé de lui?

— Notre première rencontre m'a laissé une impression mitigée. Physiquement, bien sûr, Claude est l'homme dont rêvent toutes les femmes : grand, puissant, viril, un charme inouï. Plusieurs camarades lui ont demandé en plaisantant s'il avait un frère. D'autres se retenaient pour ne pas l'entreprendre encore plus directement.

— À ce point? ai-je lancé ███████████████████ ████████████████

— À ce point. La ferveur s'est transformée en hystérie quand Émilie a révélé que Claude était médecin, qu'il avait fait une entrée tonitruante dans la communauté scientifique en remportant je ne sais quelle médaille prestigieuse et qu'il avait refusé les offres des plus grandes universités anglo-saxonnes pour s'installer à Vernet et se consacrer à ses recherches sur le cerveau.

— Vous a-t-il régalées de son numéro de cirque?

— À la demande expresse d'Émilie. Lui jouait les modestes, prétendant que ça n'intéressait personne. C'est ce décalage qui m'a mise mal à l'aise. Leur relation ne démarrait pas sur un pied d'égalité : Émilie adulait Claude et le portait au pinacle, alors que Claude...

— Jouait la comédie? ai-je suggéré.

— Je n'irais pas jusque-là. Vu de l'extérieur, il accomplissait tous les gestes qu'on attend d'un soupirant empressé : il embrassait Émilie dans le cou, la complimentait sur sa beauté, la resservait de champagne, mais on sentait — en tout cas, *je* sentais — que ces marques d'affection lui étaient dictées par sa tête plus que par son cœur.

— Vous insinuez qu'il cherchait à séduire Émilie mais qu'il n'éprouvait au fond aucun sentiment pour elle ?

— Disons que j'en ai progressivement acquis la conviction mais que, sur le moment, je me suis bornée à penser qu'il paraissait moins épris qu'elle.

— Quand les premiers nuages sont-ils apparus ?

— Le lendemain du mariage. Claude, qui s'était installé aux Hêtres, a demandé qu'on lui aménage un bureau. Tout sourire, Émilie a répondu à son mari qu'elle lui avait préparé une surprise. Elle l'a guidé par la main jusqu'à l'immense bibliothèque en rotonde d'où ses parents géraient leur fondation et qu'elle avait fait entièrement redécorer. Au centre de la pièce, deux superbes tables en fer forgé et verre de Murano se faisaient face. Claude a aussitôt déclaré qu'il était hors de question qu'il partage son bureau, qu'il ne travaillait bien que dans le calme et qu'Émilie le distrairait constamment. Ajoutant cependant qu'il trouvait la pièce à son goût, le mufle a suggéré à Émilie de prendre ses quartiers dans l'autre aile.

— Ce qu'elle fit ?

— Hélas oui, le cœur meurtri mais en se reprochant en même temps de n'avoir pas su devancer les désirs de son mari. Cet épisode s'est répété sous d'innombrables variantes au cours des années suivantes. Aucune n'a blessé Émilie davantage que ce jour où elle a avoué à Claude qu'elle rêvait de l'assister dans son travail. Elle était prête à tout : surveiller ses expériences, relire ses articles, répondre à son courrier. À lui de choisir comment il souhaitait l'employer. Claude a éclaté de rire. «Mais enfin, bébé, j'ai des étudiants pour ça. Et sans vouloir te vexer, ils sont autrement plus qualifiés que toi.»

— Il n'avait pas entièrement tort...

— Je ne prétends pas le contraire. Tout de même, vous ne croyez pas qu'il aurait pu lui confier une mission, même modeste? Taper ses cours peut-être? Organiser ses déplacements? Elle était tellement désireuse de pénétrer son monde, d'entrer dans l'intimité du grand homme.

— Claude Brunet emploierait plutôt l'expression d'«effraction mentale».

— Ah ça, on peut dire qu'il est jaloux de ce qui se passe dans sa boîte crânienne, l'animal. Ce qui ne l'empêchait pas d'en faire étalage à l'occasion afin de consolider son ascendant sur Émilie. À une table de black jack par exemple, où sa mémoire des cartes et sa connaissance des probabilités le rendent quasiment invincible...

— Il lui arrivait donc d'associer Émilie à ses passe-temps?

— Non, car même dans ces moments-là, la relation fonctionnait à sens unique. À Venise, Claude discourait à n'en plus finir sur les relations entre les doges et la papauté mais tournait à peine la tête quand Émilie lui signalait un tableau de Véronèse dont elle était folle. Je me souviens d'une anecdote. Claude possède une immense culture cinématographique ; un jour, devant l'insistance d'Émilie, il a dressé la liste de ses cent films préférés. Fermement décidée à éblouir son mari par la finesse de son analyse, Émilie s'est procuré le premier film et l'a visionné une demi-douzaine de fois en noircissant force bloc-notes. Quand elle a enfin trouvé le courage d'amener le sujet dans la conversation, Claude l'a interrogée à brûle-pourpoint sur la place de la caméra pendant la scène d'ouverture. Comme elle séchait, il a déroulé le film plan par plan, de mémoire, sans pouvoir se retenir de préciser qu'il ne l'avait pas vu depuis une éternité.

Bizarre comme tous ces témoignages renvoient de Brunet une image infiniment moins favorable que celle qui se dessine de la retranscription de notre rencontre. Mes interlocuteurs le disent égocentrique et cassant alors que, si j'en crois mes notes, il m'a posé des questions personnelles et a montré de l'intérêt pour l'œuvre d'Agatha. Il me tarde de le revoir pour éclaircir ce mystère.

— C'est à peu près à ce moment-là, a repris Marie Arnheim, qu'Émilie a commencé à se bâtir son monde à elle. Pour cela, elle s'est tournée vers le domaine qu'elle connaissait le mieux : la peinture. Elle s'est mise à acheter régulièrement des tableaux, pas des toiles de maîtres — ce dont elle a pourtant les moyens — mais plutôt des œuvres de jeunes artistes émergents qu'elle insiste pour rencontrer en tête à tête afin qu'ils lui parlent de leur travail.

— Cela ne doit guère poser de difficultés...

— Non, en effet. Ces Picasso en herbe sont généralement ravis de se gratter le nombril devant une mécène belle, riche et cultivée.

— Savez-vous à quel vernissage avait prévu de se rendre Émilie le soir de sa disparition?

— Bien sûr, j'étais également invitée. Je suis arrivée vers 21 h 30. J'ai d'abord fait le tour de l'exposition — des montages d'un photographe argentin nommé Huidobro — puis j'ai cherché Émilie dans la cohue. Adrien, le patron de la galerie que j'ai croisé, m'a appris que Claude avait décommandé en fin d'après-midi. Il était très déçu. Il avait espéré qu'Émilie lui achèterait quelques clichés.

— Vous n'avez pas cherché à la joindre?

— Si, mais je suis tombée sur son répondeur. Sachant qu'elle avait passé la journée dans les Samorins, j'ai supposé qu'elle était trop fatiguée pour ressortir.

— Mme Arnheim, pardonnez ma franchise, mais Émilie Brunet était une femme très seule. Certains artistes auraient pu lui offrir cette complicité intellectuelle dont la privait son mari...

— Vous voulez savoir si elle a eu une aventure avec un de ses barbouilleurs? Eh bien non. Et pourtant, croyez-moi, ce n'est pas faute de l'y avoir encouragée! Mais jusqu'à la lettre de cette petite grue, Émilie n'a jamais regardé un autre homme que Claude.

— J'imagine que vous faites référence au courrier d'Eugénie Laplace...

— Oui. Remarquez, je suis peut-être un peu sévère avec elle. Il paraît qu'elle ignorait que Claude était marié. Et on peut dire d'une certaine façon qu'elle a dessillé les yeux d'Émilie. N'empêche que sa lettre a causé une sacrée onde de choc aux Hêtres. Émilie n'avait jamais soupçonné que son mari pût lui être infidèle...

— Vous voulez sans doute dire qu'elle n'en avait aucune preuve. Car pour ce qui est de l'idée, je ne connais pas une épouse à qui elle n'ait un jour traversé l'esprit.

Marie Arnheim a instinctivement jeté un coup d'œil à son mari qui était justement, à cet instant, penché vers sa ravissante voisine de table. Croisant mon regard, elle a éclaté de rire.

— Vous connaissez bien les femmes, monsieur Dunot. Mais, sur ce plan encore, Émilie est une exception. La vénération qu'elle vouait à l'époque à Claude n'avait d'égale que son empressement à endosser la responsabilité de leurs problèmes conjugaux. S'il lui refusait l'accès à son laboratoire, c'est qu'elle était trop sotte. S'il n'avait pas envie d'elle un soir, c'est qu'elle n'était pas assez attirante. La faute lui incombait systématiquement. Quand Claude a admis l'avoir trompée avec plusieurs étudiantes, elle a enfin compris que le problème ne venait pas d'elle et qu'elle avait peut-être enfin droit à sa part de bonheur.

— Avant que nous ne parlions de M. Roget, je souhaiterais vous poser une question. Savez-vous s'il arrivait à Claude Brunet de retirer son alliance ?

— Non. Pourquoi ?

— Eugénie Laplace prétend qu'il n'en portait pas pendant ses cours.

Mme Arnheim est partie d'un ricanement peu charitable.

— Alors c'est que j'avais raison après tout. Cette petite est décidément une traînée. Si Claude s'était trouvé devant moi sans son alliance, j'aurais pu à la rigueur ne pas le remarquer mais Émilie, elle, s'en serait forcément aperçue. Je suis catégorique sur ce point.

████████████████████████████████████
████████████████████████████████

— Venons-en à Stéphane Roget. Quand et comment Émilie l'a-t-elle rencontré ?

— En septembre dernier. Émilie s'était donné une entorse en jouant au tennis et son médecin lui avait recommandé de se mettre au yoga. Je me suis inscrite avec elle, pour lui tenir compagnie et aussi parce que je souffre chroniquement du dos.

— Où avaient lieu les séances ?

— Là-bas, a-t-elle dit en pointant le doigt vers le club-house. Deux fois par semaine, le mardi et le vendredi.

— Clientèle essentiellement féminine, je suppose ?

— Vous supposez bien.

— Pourriez-vous décrire M. Roget ?

— Physiquement ? Vous avez vu sa photo...

Ai-je vu sa photo ? Probablement. Je me rends compte que, si j'ai eu un cliché d'Émilie sous les yeux, je n'ai jusqu'à présent pas éprouvé le besoin de brosser son signalement. Curieusement, il me semble que je la vois mieux ainsi.

J'ai fait signe à mon interlocutrice de poursuivre.

— Taille légèrement au-dessous de la moyenne. Un corps sec, tout en muscles. Cheveux courts noirs comme du charbon, les yeux foncés, une petite cicatrice sur le menton.

— Pas précisément un bel homme à vous entendre ?

— Pas mon type en tout cas. Mais là n'est pas la question, Émilie avait un Apollon à la maison et n'était pas heureuse pour autant. Stéphane a d'autres qualités : il est simple, modeste, et il s'intéresse aux autres.

— Comment a-t-il séduit Émilie ?

— Stéphane est un adepte de la cour à l'ancienne, le dernier champion de l'amour courtois. Il ne s'est jamais autorisé une allusion polissonne ou un geste déplacé, contrairement à notre professeur de tennis qui posait ses mains sur nos hanches et nous soufflait dans le cou. Il a conquis Émilie par sa prévenance et sa gentillesse. Au club-house, où il nous offrait rituellement un café après chaque cours, il s'arrangeait toujours pour orienter la conversation sur elle, lui posant mille questions, le plus souvent habilement enrobées dans des compliments. D'où lui venait cette vaste culture ? Quels sports pratiquait-elle pour être si resplendissante ?

— Savait-il qu'elle était mariée ?

— Oui, mais je l'avais autorisé à passer outre.

— Plaît-il ? ai-je sursauté.

— Stéphane m'avait prise à l'écart après le premier cours. Bien qu'ayant remarqué l'alliance d'Émilie, il espérait — c'est horrible à dire — qu'elle était veuve ou en instance de divorce. J'ai dû le détromper, en l'assurant cependant qu'il rendrait un fier service à Émilie en la libérant des chaînes conjugales.

— Je doute, chère madame, qu'un authentique chevalier se soit contenté d'un tel blanc-seing.

— Ne vous moquez pas de Stéphane, monsieur Dunot. Il était pris entre deux idéaux contradictoires : les liens sacrés du mariage d'un côté, la princesse séquestrée dans un donjon de l'autre. Sa réaction prouve qu'il a embrassé le second tout en ménageant le premier : «Dites à Émilie qu'elle n'a qu'un mot à prononcer et je ne lui adresserai plus jamais la parole.»

— Vous avez transmis le message ?

— Bien sûr que non ! s'est amusée Marie Arnheim. Pourquoi l'aurais-je fait alors qu'Émilie reprenait goût à la vie ? Quand une plante est privée d'eau, peu importe qui l'arrose, vous ne trouvez pas ?

— Rendait-elle ses sentiments à M. Roget ?

— Non, pas au début. Elle appréciait sa compagnie, lui prêtait des livres, l'invitait même parfois à des expositions. Mais elle restait d'une fidélité absolue à Claude — de corps et d'esprit.

— Jusqu'à la confession d'Eugénie Laplace...

~~Mme Arnheim a demandé la carte des desserts. C'est une habitude chez elle de ménager une pause quand elle souhaite ordonner ses idées.~~

— Peut-être. À vrai dire, je n'en suis pas certaine. Un épisode étrange s'était déroulé la veille du jour où Émilie a reçu la lettre, dont je suis persuadée qu'il a contribué à la précipiter dans les bras de Stéphane. Nous déjeunions à trois à cette même table.

La conversation roulait sur les grands-parents. J'ai déploré d'avoir perdu les miens, puis Émilie a évoqué la mémoire de son aïeule Marguerite, la cofondatrice du groupe Froy. «Elle avait toutes sortes d'idées farfelues et charmantes, nous dit-elle. Elle prétendait par exemple qu'on peut lire dans les pensées de quelqu'un en buvant dans son verre. »

— C'est une vieille croyance en effet, ai-je observé, même si j'ai plus d'une fois regretté qu'elle soit dénuée de fondement. Que s'est-il passé alors ?

— Stéphane a tendu la main en direction du verre de vin d'Émilie, très lentement, comme s'il souhaitait lui laisser le temps de l'arrêter. Elle n'a pas esquissé un geste. Il a alors porté le verre à ses lèvres et a bu une gorgée en la regardant droit dans les yeux.

— Comment a-t-elle réagi ?

— À votre avis ? Elle a pris son verre à lui, sans prononcer un mot, et a bu dedans à son tour. J'en ai eu le souffle coupé.

— Savez-vous ce qu'Émilie a lu dans les pensées de M. Roget ?

— Je n'ai jamais osé lui poser la question. Si vous surprenez deux personnes au lit, vous ne leur demandez pas s'ils ont passé un bon moment, n'est-ce pas ? Toujours est-il que la semaine suivante, elle tenait la main de Stéphane dans la sienne au déjeuner.

~~J'ai considéré pensivement la séquence des événements.~~

— Oui, je suis d'accord avec vous. La lettre de Mlle Laplace a dû faire sauter le dernier verrou qui la retenait de céder aux avances de Stéphane Roget. A-t-elle par la suite affiché des remords de sa conduite?

— Aucun. Je crois qu'elle n'a jamais été aussi heureuse de sa vie qu'au cours des mois qui ont suivi. On aurait dit des collégiens, ces deux-là! Ils piquaient des fous rires, marchaient sous la pluie battante pendant des heures, ce genre de gamineries. Ils brûlaient du feu de la découverte mutuelle. Stéphane a initié Émilie à la méditation et à la montagne; ils randonnaient tous les week-ends dans les Samorins. En retour, Émilie lui a ouvert les portes du monde de l'art et lui a appris à monter à cheval. Ils comparaient inlassablement leurs goûts en matière de livres, de disques, de films, en s'émerveillant autant de leur similitude que de leurs différences. Ils ne se quittaient pratiquement plus et comptaient les heures quand ils étaient séparés. Vous souriez, monsieur Dunot. Nous sommes tous passés par là, n'est-ce pas? Mais je crois que dans le cas d'Émilie et Stéphane, le temps même n'aurait pas corrompu leur idylle car ils étaient bel et bien les deux moitiés d'une même personne.

— Qu'est-ce qui vous permet de dire ça? Que l'un finissait les phrases de l'autre?

— Cela allait bien au-delà. Chacun était animé par le désir authentique de percer les pensées de l'autre, non pour y découvrir les moyens de lui faire plaisir mais pour mieux tâcher de lui ressembler. Méditer ensemble n'était qu'un premier pas, une étape vers la fusion spirituelle absolue. Émilie a suggéré qu'ils s'entraînent à la télépathie. Moyennant une somme rondelette, un spécialiste des phénomènes paranormaux leur a brossé un programme de travail. Stéphane s'enfermait dans sa chambre et se concentrait à intervalles réguliers sur une forme géométrique élémentaire — carré, rond ou triangle —, pendant que dans la pièce à côté, Émilie s'efforçait de décoder — avec, je m'empresse de le dire, un succès limité — les ondes mentales censées traverser les murs.

— Je me demande ce que Claude Brunet pensait de ces expériences... Au fait, quand a-t-il appris qu'Émilie le trompait ?

— Le premier jour. Elle n'était pas du genre à se cacher. Il n'a trop rien dit au début.

— Pourquoi, selon vous ? Parce que sa propre inconstance lui interdisait de se poser en donneur de leçons ?

— D'une part. Mais surtout parce qu'il avait épousé Émilie pour son argent. Tant qu'il avait accès à ses comptes en banque, il pouvait bien lui passer ses fredaines.

— À ce détail près que Stéphane Roget n'était pas une fredaine...

— Évidemment. Je trouve sidérant que Claude, connaissant le tempérament d'Émilie, n'ait pas mesuré le danger de lui laisser la bride sur le cou. Sans doute s'imaginait-il pouvoir la rappeler d'un claquement de doigts.

— Quand a-t-il réagi pour de bon ?

— Quand Émilie a parlé de créer une fondation caritative avec Stéphane. La dotation initiale était modeste à l'échelle de son patrimoine mais il n'était pas difficile de deviner qu'elle serait suivie de beaucoup d'autres. D'autant que la première cause retenue — la construction d'un orphelinat dans le quartier des Loges — a donné à Claude un avant-goût de ce qui se préparait. Se sentant vraiment menacé, il a sorti le grand jeu. Il a promis de rentrer dans le droit chemin, a supplié Émilie de lui donner une seconde chance. En vain.

— Pourquoi Claude et Émilie n'ont-ils jamais eu d'enfants ?

— Claude prétend qu'il est stérile, qu'il l'a toujours su et en a informé Émilie avant le mariage.

— Vous semblez mettre sa parole en doute.

— Disons que ça l'arrange bien, et qu'à ma connaissance il n'a jamais apporté la preuve de ses allégations. Stéphane, lui, voulait des enfants et Émilie ne demandait pas mieux que de les porter. La veille de sa disparition, elle a averti Claude qu'elle allait divorcer. Il a tenté une nouvelle offensive de charme mais Émilie était bien décidée à rompre. Elle a malencontreusement lâché qu'elle avait rendez-vous le mardi suivant avec son notaire, Me Deshoulières, pour engager la procédure.

— Pourquoi dites-vous « malencontreusement » ?

~~Marie Arnheim a tourné la tête vers la piscine et agité la main en direction de son fils qui barbotait dans le petit bain. Ses yeux se sont brusquement embués de larmes.~~

— Parce que je suis convaincue que ces paroles ont signé son arrêt de mort.

Mardi 9 mai

Profondément troublé par la dernière entrée. Elle jette un éclairage précieux sur la personnalité d'Émilie, mais en la relisant, je m'interroge surtout sur les raisons qui m'ont poussé à comparer Marie Arnheim à Greta Andersen. La ressemblance physique ne peut à elle seule expliquer ma décision. Plusieurs autres beautés blondes auraient tout aussi bien fait l'affaire, en particulier Judith Butler, la jeune veuve de *La fête du potiron*, ou Miss Grey, la secrétaire de Carmichael Clarke dans *ABC contre Poirot*. Pourquoi diable ai-je choisi Greta Andersen, de toutes ces femmes aux cheveux d'or la seule à avoir du sang sur les mains ?

Pour en avoir le cœur net, je suis allé chercher *La nuit qui ne finit pas* dans la bibliothèque. Greta, dont il est question très tôt dans le livre, ne fait réellement son apparition qu'aux alentours de la page 100. Michael Rogers, le narrateur, écrit d'elle : « Quand Greta traversait une salle de restaurant, les hommes tournaient la tête pour la regarder. Elle avait le type nordique, avec le teint clair et les cheveux blonds comme les blés. Elle les coiffait relevés, à la mode du moment. Ses yeux étaient d'un bleu clair lumineux et sa silhouette était parfaite. Il faut bien l'avouer, elle était renversante ! »

Est-ce que parce que j'ai trouvé Marie Arnheim renversante ou parce que les hommes se sont retournés sur elle quand le maître d'hôtel nous a conduits à notre table que le nom de Greta Andersen a spontanément jailli sous ma plume ? Ou m'a-t-il été soufflé par mon inconscient qui entend me mettre en garde contre mon interlocutrice ? Car, dans *La nuit qui ne finit pas*, Greta n'est pas seulement la dame de compagnie et la meilleure amie de la richissime Ellie : elle est aussi la maîtresse de son mari, Michael, qu'elle aide à supprimer Ellie pour mettre la main sur sa fortune colossale. Marie Arnheim a-t-elle une liaison avec Brunet ? Mais si c'était le cas, ne tenterait-elle pas de disculper son amant en orientant, par exemple, les soupçons sur Stéphane Roget ?

Il m'est impossible de répondre à ces questions tant que je ne l'aurai pas revue.

Impression étrange : bien que les mots de ce cahier constituent la seule base de mon enquête, j'ignore comment ils ont trouvé leur chemin dans ces pages. Je suis obligé pour avancer de me faire confiance, quand mon métier consiste justement à ne me fier à personne.

*

Rendu visite à Mᵉ Deshoulières. En pénétrant dans son étude, j'ai eu l'impression de faire un bond de trente ans en arrière, quand les notaires ne portaient pas de costumes italiens et de coûteux chronographes et tiraient encore une certaine fierté de maîtriser l'arbre généalogique de leurs clients. Mon hôte est un respectable vieillard à la flamboyante toison blanche, dont la noblesse patricienne n'est pas sans rappeler Caleb Jonathan dans *Cinq petits cochons*. Traits burinés dans lesquels se détachent de petits yeux charbonneux qui pétillent de bonté et d'intelligence.

Me Deshoulières est très attaché à Émilie qui, enfant, sautait sur ses genoux. Il s'est occupé personnellement de la succession de Charles et Mathilda. À l'époque, l'inventaire du patrimoine a été facile à établir. La fortune des parents d'Émilie était presque entièrement concentrée dans la participation majoritaire qu'ils détenaient au sein du groupe familial. Les Froy se versaient chaque année des dividendes qui leur permettaient de vivre très confortablement, d'entretenir les Hêtres et d'assouvir quelques coûteux hobbies (la course automobile pour Charles, la haute couture pour Mathilda), mais ils détenaient peu de liquidités, au point qu'ils avaient doté leur fondation caritative avec des actions Froy. En cédant le contrôle du groupe, Émilie a encaissé près d'un demi-milliard qui, judicieusement réinvesti sur les marchés financiers, a presque triplé en l'espace de quinze ans.

Également appris que Claude et Émilie sont mariés sous le régime de la séparation de biens. Le contrat stipule qu'en cas de divorce — quelle qu'en soit la cause ou l'initiateur — Claude n'a aucun droit sur la fortune de sa femme. Il est en revanche prévu, selon les termes d'une donation au dernier vivant des plus classiques, qu'il hérite de l'ensemble des biens d'Émilie dans l'hypothèse où celle-ci décéderait avant lui.

Me Deshoulières confirme qu'il devait rencontrer Émilie le 2 mai. Elle avait décidé de se séparer de Claude. Quand il avait pris connaissance de ses dispositions successorales, l'avocat spécialisé qu'elle avait engagé lui avait conseillé de réviser son testament sans attendre l'issue de la procédure. Émilie n'avait pas explicitement indiqué au téléphone dans quel sens elle souhaitait modifier ses dernières volontés, mais Me Deshoulières est presque certain qu'elle s'apprêtait à déshériter Claude.

Elle avait appelé mercredi 26 avril.

Vendredi 28, elle avait parlé à son mari.

Samedi 29, elle disparaissait.

Ainsi, soit Brunet avait prémédité son coup de longue date, soit il s'était décidé à passer à l'action en moins de vingt-quatre heures, quand il avait compris que le piège se refermait sur lui et qu'il risquait de tout perdre.

Me Deshoulières a apporté des éclaircissements sur un point qui me titillait. Pour l'état civil, Émilie reste vivante tant que l'on n'a pas retrouvé son corps. Toutefois Claude, qui possède déjà la signature sur la plupart des comptes bancaires, pourra bientôt saisir le tribunal et demander l'autorisation d'administrer les avoirs de la disparue. Seule une inculpation en bonne et due forme pourrait empêcher un juge d'accéder à sa requête.

En me raccompagnant, Me Deshoulières a exprimé à haute voix ce que j'avais déjà compris : « La seule chose qui pourrait contrarier les desseins de Claude, c'est qu'Émilie réapparaisse en bonne santé. Dans tous les autres cas de figure, ses arrières sont assurés. Qu'elle croupisse à jamais au fond d'une crevasse ou qu'un peloton de scouts découvre son cadavre mangé par les vers, il conservera son pactole. »

*

De retour d'une longue promenade, pendant laquelle j'ai répété sur Hastings les questions que je prévois de poser demain à Brunet. ~~Rendez-vous est pris pour 11 heures à Riancourt~~. Je suis excité à l'idée de revoir Brunet. Je n'ai pas encore la certitude absolue de sa culpabilité, mais je sais d'ores et déjà une chose : s'il a tué Émilie et Stéphane, moi seul peux le confondre.

Mercredi 10 mai

Entretien fabuleusement riche, que j'ai été contraint d'abréger, de peur de ne pouvoir le retranscrire dans son intégralité.

L'hôpital ne disposant pas d'un parloir, le chef d'établissement a mis une petite salle de réunion à notre disposition. Brunet était vêtu d'une robe de chambre grise et de savates. On lui a retiré ses bandages et son masque. Les stigmates de l'interrogatoire sont en voie de disparition, à l'exception du nez, encore tuméfié.

Pendant toute la durée de l'entrevue, l'expression d'Eugénie Laplace — «un spécimen de ce que notre espèce pourrait devenir si elle se consacrait sérieusement au développement de ses facultés» — n'a pas quitté mon esprit. Je crois n'avoir jamais rencontré un individu aussi souverainement sûr de lui et, par voie de conséquence, aussi décontracté. L'aisance de Brunet n'est nulle part plus évidente que dans la conversation. Il n'a manifestement besoin d'allouer à l'encodage de sa pensée et l'évaluation des propos adverses qu'une proportion infime de ses ressources, ce qui le laisse libre de consacrer l'appoint à orienter les débats à sa main ou à scruter les intentions de son interlocuteur. Je devine cependant que ce relâchement est en partie une façade et que lorsque, décelant un signe de faiblesse chez sa proie, Brunet se décide à frapper, c'est pour tuer (que l'homicide déborde ou non le champ de la métaphore est justement ce qu'il m'appartient de déterminer).

Brunet a voulu savoir en préambule qui j'avais interrogé depuis notre dernière rencontre. Ayant prévu qu'il tenterait de prendre l'entretien à son compte, je lui ai laissé l'illusion qu'il dirigeait les opérations.

— Mlle Landor...

— Ah, c'était donc ça, ce sifflement assourdissant dans mes oreilles.

— Eugénie Laplace...

— Qui c'est celle-là?

— Une de vos étudiantes qui a été votre maîtresse.

— Vous ne pourriez pas être un peu plus spécifique?

— Elle a écrit une lettre à votre femme.

Le visage de Brunet s'est éclairé. S'il jouait la comédie, il méritait un oscar.

— Ah, 307!

— Pardon?

— Oui, 307, c'est son numéro. Je vous ai pourtant dit que je ne mémorisais pas les noms de mes élèves. Vous avez oublié de le noter?

— Je pensais que l'honneur de partager votre couche s'accompagnait de celui de sortir de l'anonymat. D'autant qu'il est sans doute aussi difficile de retenir un nombre qu'un patronyme.

— Sauf si le nombre en question correspond à un rang.

— Dans quelle séquence ?

— Vous me décevez, monsieur Dunot.

Brunet a souri. Il avait facilement remporté la première manche. Je suis reparti au combat.

— Puis j'ai rendu visite à Pierre-André Moissart.

— Quel clown celui-là...

— Il m'en a révélé de drôles sur vos avantages en nature.

— J'espère que sa pudeur ne l'a pas empêché de vous expliquer les raisons de sa bienveillance à mon égard.

Brunet a remarqué que je n'avais pu réprimer une expression de curiosité. Il s'était encore une fois montré plus rapide que moi.

— J'ai eu l'occasion, en entrant à l'improviste dans son bureau il y a quelques années, de constater que Moissart partage mon goût pour les étreintes estudiantines. À cette différence près que ses penchants sont un peu moins... orthodoxes que les miens.

Il s'est dispensé du clin d'œil égrillard qui accompagne habituellement ce genre de propos. Les galipettes de Moissart ne l'intéressent à l'évidence que dans la mesure où elles lui fournissent un levier dans ses rapports avec le conseil d'administration.

— J'ai aussi déjeuné avec Marie Arnheim.

— Votre métier ne comporte donc pas que des désagréments.

— Dois-je comprendre que vous appréciez Mme Arnheim ?

— Sa plastique plus que sa conversation.

— Avez-vous eu une aventure avec elle ?

— Non. À mon grand regret.

— Qu'est-ce qui vous en a empêché ? Vous semblez du genre à prendre ce qui vous fait envie.

— Pas quand les risques excèdent aussi largement les bénéfices.

— Que risquiez-vous à séduire Mme Arnheim ?

— De perdre Émilie.

— Vous aimez votre femme ?

— J'aime être marié avec elle.

— Pourquoi l'avoir trompée, alors ?

— Parce que je pensais pouvoir me le permettre.

— Que voulez-vous dire ?

— C'est pourtant clair. Je faisais preuve dans la poursuite de mes plaisirs d'une discrétion absolue. Si Émilie n'avait pas fait irruption à la fac, 307 ignorerait que je suis marié et ma femme me croirait encore fidèle.

— Cela ne change rien au fait que vous la trompiez.

— Bien sûr que si. Dans mon monde, je la trompais. Dans le sien, je lui étais fidèle. Ce que nous appelons réalité n'est que l'intersection de nos mondes respectifs.

Je n'ai pu m'empêcher de m'engouffrer dans la brèche qu'il avait ouverte :

— J'imagine que dans votre monde, vous êtes innocent de la disparition de votre femme ?

— Absolument.

— Et dans le mien?

— C'est à vous de me le dire. J'espère que vous ne me trouverez pas coupable.

Le choix de sa formulation ne m'a pas échappé.

— Pouvez-vous avoir l'obligeance de retirer votre alliance? ai-je demandé tout à trac.

Brunet s'est exécuté sans discuter. L'anneau qu'il a fait coulisser le long de son doigt a laissé apparaître une marque blanche parfaitement visible, même de l'autre côté de la table qui nous séparait.

— Comment expliquez-vous que vos étudiantes n'aient pas remarqué que vous ôtez votre alliance avant d'entrer en cours?

— Je ne l'explique pas. C'est vous le détective, pas moi.

— Quelles excuses donniez-vous à Émilie les soirs où vous découchiez?

— Les bonnes, apparemment.

J'ai brusquement changé de sujet.

— Vous connaissez Stéphane Roget?

— Je l'ai rencontré.

— Comment le décririez-vous?

— Le charisme d'une endive, mais à part ça plutôt un brave type.

— J'ai entendu dire qu'il pratiquait la méditation.

— Et alors?

— Ne recourez-vous pas à cette discipline pour façonner votre cervelle?

— Sûrement pas. Certes, dans les deux cas, le sujet ferme les yeux et rentre en lui-même. Mais la ressemblance s'arrête là. Roget s'efforce — sans trop

106

de peine, j'en suis sûr — de faire le vide entre ses oreilles quand mes séances à moi s'apparentent à de véritables expéditions intérieures. Je commence par visualiser mon cerveau. Je me refamiliarise patiemment avec ses contours, en le tournant et le retournant sous tous les angles. Puis je m'infiltre entre les deux hémisphères en survolant le corps calleux qui les relie. Je plonge entre les noyaux thalamiques, salue au passage l'hypothalamus qui contrôle mes rythmes biologiques et mon comportement sexuel, pour gagner enfin la région du néocortex où j'ai à faire ce jour-là. Pendant de longues secondes, seulement éclairé par les décharges électriques qui lézardent le firmament, je pétris mentalement ma matière grise. Je raccorde des réseaux en prolongeant des synapses ; je ravive des nerfs qui se rabougrissaient ; j'émonde des dendrites ; je débouche des canaux ; je débroussaille, je terrasse, j'irrigue sans relâche. Mon labeur terminé, je rouvre les yeux et je reprends le cours de ma vie, sans éprouver le besoin de me prosterner devant une statuette de Bouddha ou d'embrasser une photo du dalaï-lama.

— Vous ne pouvez tout de même nier que Stéphane Roget a établi une étroite connexion cérébrale avec votre épouse.

— Vous faites allusion à leurs ridicules séances de télépathie ? Vous vous doutez bien que si la transmission de pensée avait le moindre fondement scientifique, je serais au courant. Nos deux tourtereaux s'inspirent du programme Nautilus, une série d'expériences conduites dans les années cinquante par l'armée américaine : des aspirants médiums se concentraient sur des formes géométriques, embarqués à bord de sous-marins distants de plusieurs centaines de kilomètres les uns des autres — ce qui, vous en conviendrez, a quand même plus d'allure qu'un Roget émettant en direct de sa cuisine pendant qu'Émilie colle son oreille à la cloison. Eh bien, sur la longue période, les cracks de la Navy n'ont jamais battu les lois du hasard.

— Ces expériences ne prouvent-elles pas surtout que Roget désirait connaître les pensées intimes d'Émilie?

— Je ne prétends pas le contraire. Il cherchait à découvrir les paroles qu'elle mourait d'envie d'entendre afin de les lui susurrer à l'oreille dans les Samorins, en contemplant les étoiles au coin du feu. Voyez-vous, monsieur Dunot, il n'est aucun prix que nos congénères ne paieraient pour perpétuer l'illusion qu'ils ne sont pas seuls au monde.

J'ai médité quelques instants sur cette dernière phrase, où se concentrait toute la noirceur de Brunet : Émilie était une chiffe de chercher l'âme sœur et Stéphane une crapule de lui faire croire qu'elle l'avait rencontrée. Ma question suivante n'était qu'une formalité.

— Croyez-vous que Stéphane Roget ait pu tuer votre femme?

— Même pas, a dédaigneusement lâché Brunet.

J'ai changé de tactique.

— Pourriez-vous reconstituer votre emploi du temps le week-end de la disparition?

Brunet s'est fendu d'un large sourire, comme si j'en avais raconté une bien bonne.

— Allons, monsieur Dunot, vous savez bien que je n'ai aucun souvenir de cette période.

— La mémoire ne vous est pas revenue ?

— Hélas ! a-t-il soupiré en levant les yeux au ciel.

— Ayez alors l'obligeance de conjecturer ce que vous avez pu faire le samedi. Vous êtes seul à la maison, la journée devant vous. Cela ne doit pas vous arriver si souvent.

Brunet s'est tortillé sur sa chaise, comme pour soulager ses vertèbres endolories. Pour la première fois de l'entretien, j'ai eu la sensation qu'il cherchait peut-être à gagner du temps.

— Oui, je comprends. Vous espérez déclencher un flash-back. Très astucieux de votre part. Si nous n'avions pas été présentés, je jurerais que vous êtes cogniticien.

— Ne vous faites pas trop prier. Alors voyons, votre femme se lève très tôt ce matin-là. Entendez-vous la sonnerie du réveil ? Vous rendormez-vous ?

— Non. J'ouvre habituellement les yeux vers 5 heures et je reste au lit un moment. J'aime réfléchir dans l'obscurité.

— À quoi réfléchissez-vous ce jour-là ?

— Je considère le programme de la journée ; j'élabore le plan d'un article que j'ai promis à une revue scientifique américaine ; j'extrais quelques racines. Un peu avant 6 heures, je réveille Émilie. En la voyant sortir de la douche, je me demande si les seins de Marie Arnheim sont plus gros que les siens. Je suis presque sûr que oui.

— Épargnez-moi ce genre de spéculations.

Il a haussé les épaules.

— Comme vous voudrez. Je me lève après le départ d'Émilie et je m'habille. Je petit-déjeune sur la terrasse, de pain grillé, de marmelade d'oranges et d'un pot de café.

— Vous lisez le journal ?

— Je jette un coup d'œil aux manchettes. En règle générale, je privilégie le matin des lectures plus substantielles. Épictète. Aristote. Pascal. Sur le coup de 8 heures, je m'installe à mon bureau pour écluser le courrier de la semaine.

— Vous en recevez beaucoup ?

— Des tombereaux. Des universités américaines qui offrent de doubler mon salaire sans même le connaître. Des réactions élogieuses à mes articles et des lettres d'insultes. Des confrères du monde entier qui m'invitent à des conférences. Des doctorants chinois prêts à travailler gratuitement dans mon labo. Je réponds à tous, dans la mesure du possible dans la langue du destinataire. Je lève le nez vers midi. Je réchauffe un plat préparé la veille par la cuisinière et débouche une bouteille de vin. Je mange distraitement en pensant à mon prochain coup dans la partie d'échecs par correspondance qui m'oppose à un grand maître bulgare. Mon roi est en fâcheuse position, sous la double menace d'un pion et de la reine. Je pourrais naturellement faire tourner un programme pour analyser la situation mais je mets un point d'honneur à me sauver moi-même, contrairement à mon adversaire que je soupçonne d'enfreindre de temps à autre notre règlement. Après avoir considéré plusieurs options, je me décide pour un roque périlleux.

— Attendez, comment le savez-vous ?

— J'ai reçu la réponse du Bulgare dans l'intervalle. Mon coup était dûment noté. Semaine 27 : 0-0. Autrement dit : petit roque. Vous ne jouez pas aux échecs ? Quel dommage. Roquer consiste à faire passer son roi par-dessus l'une des tours pour le mettre à l'abri. Un coup si prodigieusement utile qu'on ne peut l'utiliser qu'une fois dans la partie. Un instant, votre adversaire vous tient en joue ; le suivant, vous avez disparu. Enfin, passons. L'après-midi, je corrige quelques copies puis je rédige un tiers de l'article pour la revue américaine.

(Je renonce, faute de temps, à synthétiser l'argumentaire de cet article qui traite des différentes façons de battre un détecteur de mensonge.)

— Je sors prendre l'air vers 17 heures. Émilie doit rentrer d'une minute à l'autre et je ne tiens pas à gâcher cette belle journée par une dispute.

— Où allez-vous ?

— Vous voulez dire : où m'auraient mené mes pas si nous étions sûrs que j'étais sorti ? Je serais probablement resté dans l'enceinte des Hêtres. Oui, c'est cela, j'ai marché dans les bois avec Auguste pendant une bonne heure.

— Auguste ?

— Mon chien. Un poitevin infatigable. À mon retour, je me fais couler un bain brûlant. Émilie n'est toujours pas rentrée mais je ne m'inquiète pas. Comme il fait un temps radieux (j'ai consulté les relevés météo), je me dis qu'elle a prolongé sa randonnée. Je me prélasse longuement dans mon bain. Une douce torpeur m'envahit. Je ne sens plus mon corps, engourdi par la chaleur. Je ne suis plus qu'un cerveau, un pur esprit qui flotte au-dessus de l'eau. Je m'assoupis ; le froid me réveille. Je m'extrais de la baignoire en grelottant, attrape mon peignoir. Toujours pas d'Émilie. J'appelle son portable : pas de réponse. Je recommence quelques minutes plus tard, sans plus de succès. J'appelle alors la galerie pour décommander.

— Pourquoi ?

— Par correction. Et aussi pour savourer la détresse de mon interlocuteur quand il réalise que sa meilleure cliente lui pose un lapin.

Brunet omet une troisième raison, peut-être la principale : pour se forger un alibi. Les relevés téléphoniques que j'ai sous les yeux indiquent qu'il a passé trois appels depuis les Hêtres entre 19 et 20 heures : deux vers le portable d'Émilie et un vers la galerie Adrien.

— Comment occupez-vous votre soirée ?

— Je dîne légèrement puis j'allume la télévision. La troisième chaîne diffuse un classique le samedi à 21 heures. Ce soir-là, c'est *La Corde*, un de mes films préférés. Je l'ai déjà vu dix ou onze fois, aussi ne tirez aucune conclusion si je peux vous en raconter l'intrigue.

— Ce ne sera pas nécessaire, merci.

— Je me couche ensuite avec une histoire de détective. Je lis une centaine de pages avant d'éteindre la lumière, en pestant une fois de plus contre les conventions ridicules qui régissent le roman policier.

— À laquelle pensez-vous en particulier ?

— Mais au postulat cardinal du genre, pardi ! L'infaillibilité du limier qui, quelle que soit l'ingéniosité du crime auquel il est confronté, finit toujours par dénouer les fils de l'énigme et démasquer le coupable.

— Qu'y trouvez-vous à redire ?

— Il ne laisse pas sa chance à l'assassin ! S. S. Van Dine écrit pourtant en préambule de ses *20 règles du roman policier* : « Une histoire de détective est plus qu'un simple jeu intellectuel, c'est un affrontement sportif. » Drôle de sport en vérité que celui dont le règlement ne prévoit qu'une seule issue. Jugez plutôt. Règle n° 5 : « On doit déterminer l'identité du coupable par déductions, et non par accident, par hasard ou à la suite d'une confession volontaire. » Règle n° 8 : « Le problème ne doit être résolu que par des moyens réalistes. » Règle n° 12 : « Il ne doit y avoir qu'un coupable, quel que soit le nombre de meurtres commis. Toute l'indignation du lecteur doit pouvoir se concentrer sur un seul méchant. » Tout est à l'avenant : Van Dine tient pour acquis que la justice triomphera et n'envisage jamais que l'assassin puisse se montrer plus rusé que l'enquêteur lancé à ses trousses.

Je me suis gardé de remarquer que les règles étaient faites pour être brisées et qu'Agatha à elle seule avait enfreint une demi-douzaine des commandements de Van Dine. Brunet n'en a pas moins raison sur l'essentiel : dans les romans policiers, le détective attrape toujours son homme.

— Vous connaissez, j'en suis sûr, la justification de ce parti pris, ai-je dit. Le détective est le garant symbolique de l'ordre social. Le meurtre qui ouvre le roman a créé au sein de la communauté une situation de chaos, que l'enquêteur est chargé de désamorcer afin de rétablir l'harmonie initiale. Ce n'est pas un hasard si Poirot est un maniaque du rangement ou si le régime soviétique prohibait les histoires policières.

— J'entends bien, mais que faites-vous de la fonction naturaliste du roman ? Tenez, quel est le taux national d'élucidation dans les affaires d'homicide ?

— 80 % en moyenne, 100 % dans le cas de votre serviteur.

— Tant mieux pour vous. Vous conviendrez toutefois, je pense, qu'au nom d'un certain réalisme, un cinquième des romans policiers devraient se solder par la victoire de l'assassin.

J'ai admis que cela renouvellerait considérablement le genre.

— Le dogme de l'infaillibilité du détective a une deuxième conséquence, encore plus regrettable : il rend le crime parfait fondamentalement impossible. Chez Van Dine ou chez ses disciples, les plans les plus astucieux échouent toujours sur un impondérable minuscule : un chien qui aboie ou n'aboie pas, un codicille inséré dans son testament par la victime la veille de sa mort, une tempête de neige qui recouvre des empreintes de pas ménagées à dessein. Comme je ne vois personnellement aucun obstacle théorique à l'existence du crime parfait, j'ai entamé des recherches en vue de produire un ouvrage exhaustif sur la question.

— Un ouvrage exhaustif ? Vous voulez dire une encyclopédie ?

— Mais oui ! Croyez-moi, je me suis attaqué à des

problèmes autrement plus ardus dans ma carrière. La principale difficulté consiste comme souvent à définir avec précision les termes du sujet. Quels sont les attributs d'un meurtre qui le séparent sans contestation possible de la masse des fusillades, exécutions, dépeçages et autres règlements de comptes qui composent l'ordinaire des dossiers d'homicide ?

Je suis rentré dans le jeu de Brunet, résolu à l'entraîner plus loin qu'il n'avait prévu d'aller. Un philosophe a dit un jour que la conversation est une invention destinée à empêcher l'homme de penser. C'est aussi un moyen infaillible de découvrir ce qu'il cherche à cacher.

— La première condition me semble que l'assassin ne soit pas inquiété, ai-je avancé.

— Vous avez bien entendu raison : un crime conduisant son auteur en prison ne peut valablement être considéré comme réussi. Cette condition, nécessaire, n'est cependant en aucun cas suffisante. Vous rappeliez vous-même tantôt que 20 % des auteurs d'homicide échappent à la police. La perfection ne saurait être aussi largement répandue.

— Et pourquoi pas ? Considérons un homme qui élimine son rival en lui plantant un couteau dans le ventre. S'il n'est pas arrêté, peu lui importe qu'il existe des centaines de crimes semblables au sien. Il est libre et n'affrontera jamais les conséquences de son acte. De son point de vue, il a commis le crime parfait.

— Mais qui peut garantir qu'il est définitivement à l'abri ? Devra-t-il attendre que les faits soient prescrits pour dormir tranquille ? Vous dites qu'il n'a pas été arrêté : pourquoi ? Parce qu'on n'a pas retrouvé le couteau ? Parce que ses empreintes digitales sur le manche étaient partiellement effacées ? Ou parce qu'il a pris la fuite et se terre à la campagne ? Dans tous les cas, il reste à la merci d'un éventuel développement de l'affaire — une nouvelle fouille un peu plus méthodique que les précédentes, une dénonciation, les progrès de la médecine légale. Plus grave, il sait au fond de lui qu'il doit son salut aux contingences de l'enquête et non à son talent, qu'il est libre mais que si le sort en avait décidé autrement, il se trouverait derrière les barreaux.

— À ce compte, le crime parfait serait celui qui n'est jamais signalé ou, mieux, qui passe pour une mort naturelle.

— Même remarque : un jour, un enquêteur plus consciencieux que les autres fera exhumer le corps et l'autopsie révélera la présence de curare ou de je ne sais quel autre poison rarissime.

— Je suppose que vous possédez votre propre définition du crime parfait, ai-je déclaré en luttant pour dissimuler l'excitation grandissante que m'inspirait notre conversation.

— En effet, mais je m'en voudrais de vous la livrer avant d'avoir examiné les propositions de deux illustres esprits qui sont régulièrement invoqués dans le débat qui nous occupe : André Gide et Alfred Hitchcock. Dans *Les caves du Vatican*, Gide prête à son personnage Lafcadio des velléités homicides. Par curiosité, à moins que ce ne soit par désœuvrement, Lafcadio joue avec l'idée de pousser hors du train qui le mène de Rome à Naples son compagnon de compartiment, un petit bonhomme insignifiant affligé du patronyme ridicule d'Amédée Fleurissoire. «Une petite poussée suffirait, pense Lafcadio. Il tomberait dans la nuit comme une masse; même on n'entendrait pas un cri... Et demain, en route pour les îles! Qui le saurait?» Il soupèse les risques. «Un crime immotivé : quel embarras pour la police! Sur ce sacré talus, n'importe qui peut, d'un compartiment voisin, remarquer qu'une portière s'ouvre et voir l'ombre du Chinois cabrioler. Du moins, les rideaux du couloir sont tirés... Qu'il y a loin entre l'imagination et le fait! Et pas plus le droit de reprendre son coup qu'aux échecs. Bah! qui prévoirait tous les risques, le jeu perdrait tout intérêt!» Il remet finalement sa décision aux augures du paysage : «Si je puis compter jusqu'à douze, sans me presser, avant de voir dans la campagne quelque feu, le tapir est sauvé. Je commence : une; deux; trois; quatre (lentement! lentement!); cinq; six; sept; huit; neuf... Dix, un feu...»

~~Curieux comme je ne m'étonne même plus d'entendre Brunet déclamer des paragraphes entiers des classiques.~~

— On a dit que le geste de Lafcadio constituait le crime parfait par excellence. Rien n'est plus faux selon moi. D'abord, parce que Lafcadio ne possède aucun mobile, autre que le désir de découvrir s'il est capable d'éliminer un être inoffensif (à preuve, il dédaigne les six mille francs qu'il trouve dans le veston de Fleurissoire). Ensuite, parce qu'il se lance dans l'exécution de son projet tout en sachant que celui-ci comporte des risques non négligeables. Et, enfin, parce qu'il se fait prendre!

— Vous m'étonnez. Je croyais qu'il descendait du train à la gare suivante et n'était jamais inquiété.

— C'est exact. Toutefois, son ami Protos lui révèle peu après qu'il le surveillait et qu'il a assisté au meurtre. Il lui a du reste rendu un service inestimable en retrouvant la dépouille de Fleurissoire et en découpant sur le feutre de castor que celui-ci serrait entre ses doigts la marque du chapelier qui aurait sûrement permis de remonter jusqu'à Lafcadio.

— Qu'en concluez-vous ?

— Qu'acte gratuit et crime parfait sont deux concepts distincts et que le second requiert impérativement un mobile et une préparation minutieuse.

— L'autre exemple ?

— Nous est fourni par *L'Inconnu du Nord-Express*, le film qu'Alfred Hitchcock a tiré du roman de Patricia Highsmith.

— Encore une histoire de train...

— Mais oui ! Les voyages ferroviaires inspirent décidément les fauteurs de troubles. Bruno Anthony aborde le célèbre tennisman Guy Haines dans la voiture-restaurant pour lui proposer un scabreux arrangement. Il est de notoriété publique que la femme de Guy lui refuse le divorce qui lui permettrait d'épouser la belle Anne Morton ; de son côté, Bruno est pressé d'hériter de son père. Pourquoi les deux hommes n'échangeraient-ils pas leurs meurtres ? Bruno tuerait la femme de Guy tandis que ce dernier supprimerait M. Anthony. «Ainsi, raisonne Bruno, chacun de nous aura assassiné un étranger. Personne ne songera à connecter les deux affaires.» Prenant les récriminations ambiguës de

Guy pour un consentement, Bruno étrangle Miriam Haines dans une fête foraine puis harcèle Guy pour qu'il s'acquitte de sa part du contrat.

— Mais Guy se dégonfle, n'est-ce pas?

— En effet. Après bien des atermoiements, il se confesse à Anne et parvient à arrêter Bruno qui s'apprêtait à laisser sur les lieux du crime de Miriam un briquet qui l'aurait incriminé. Bruno trouve finalement la mort dans un accident de manège. Il a commis une erreur tragique et l'a payée de sa vie.

— Laquelle?

— Il a placé son sort entre les mains d'un tiers, a sentencieusement énoncé Brunet.

— Tout de même, Guy Haines n'a-t-il pas approché de très près le crime parfait? Le voilà débarrassé de sa femme, blanchi par la police et libre d'épouser sa maîtresse, le tout sans avoir eu besoin de lever le petit doigt.

— C'est vrai, sa position finale peut sembler optimale et je dois reconnaître qu'il a habilement mené sa barque dans toute cette histoire. Il a cependant failli sur deux points : il n'est que le bénéficiaire accidentel du plan conçu par Bruno et la mort de Miriam lui cause un vif sentiment de culpabilité. ~~Je n'ai pu réprimer un haut-le-cœur. Brunet s'est gaussé de ma sensiblerie.~~

— Si je récapitule, le crime parfait est un meurtre prémédité, conçu et exécuté sans aide extérieure, qui ne laisse aucun détail au hasard. Son auteur peut sans crainte se désintéresser de l'enquête car il n'a jamais subordonné son succès à l'incompétence ou à la négligence de ses poursuivants.

— Jusqu'ici, je vous suis.

— Permettez-moi d'ajouter à cette liste les deux critères subsidiaires que j'utiliserais dans l'éventualité — improbable, je vous l'accorde — où je devrais départager des ex aequo : nombre de mobiles...

— L'idéal étant bien sûr que le meurtrier paraisse n'en avoir aucun.

— Au contraire ! Quelle gloire y a-t-il à être exonéré d'un crime dont on n'est pas soupçonné ? Et puis, dissimuler une information aussi importante qu'un mobile n'entre pas dans ma conception du fair-play. Non, toutes choses égales par ailleurs, j'estime que le mérite d'un assassin est directement proportionnel au nombre de ses mobiles.

— À ce compte, je crois deviner le second critère. Il s'agit de l'alibi, n'est-ce pas ?

— Exactement. Moins il est solide et plus il force mon admiration. Comprenez-vous à présent où je souhaitais en venir ? Le crime parfait n'est pas celui qui se cache, mais celui qui se montre ; l'enquêteur en soupçonne le mobile mais ne peut le prouver ; il en connaît l'auteur mais ne peut le coffrer.

J'ai regardé ma montre. Il était l'heure de partir si je voulais avoir le temps de retranscrire notre entretien.

— J'ai vu que la bibliothèque de l'hôpital possédait un solide rayon policier, a lancé Brunet pendant que je rassemblais mes notes. Si je devais redonner une chance à Agatha Christie, par quel titre commenceriez-vous à ma place ?

Je lui ai recommandé la première aventure de Poirot, *La mystérieuse affaire de Styles*.

Jeudi 11 mai

Longue séance de lecture ce matin. Monique m'a appelé pour le déjeuner au moment où je terminais mon récit. Je dois m'efforcer d'être plus concis à l'avenir.

Je n'ai désormais plus de doutes sur la culpabilité de Brunet ni sur le fait qu'il simule son amnésie. Le bonhomme est odieux, confit dans sa supériorité, et affiche avec une ostentation insupportable son mépris pour tous ceux — et Dieu sait s'ils sont nombreux — qui sont moins intelligents que lui.

Les dernières pages soulèvent cependant davantage de questions qu'elles n'en règlent et j'observe avec un certain embarras que la plupart me concernent directement.

Pourquoi avoir ainsi noté en préambule de ma retranscription que l'entretien avait été «fabuleusement riche» quand il ne fait que confirmer ce que je pressentais déjà? Car, au fond, qu'ai-je appris sur Brunet que ne contenaient les pages précédentes? Qu'il prend de la marmelade avec ses tartines? Qu'il joue aux échecs avec un correspondant bulgare?

Que les appas de Marie Arnheim éveillent en lui des pensées concupiscentes? Bien sûr, il y a ces fanfaronnades sur le crime parfait, mais elles ne m'impressionnent pas. Trop excessives, trop ouvertement conçues pour m'étourdir sans rien révéler d'essentiel.

Je serais pourtant tenté de me fier à mon instinct. Les interrogatoires qui jettent un éclairage nouveau sur une affaire sont trop rares dans la carrière d'un détective pour que j'aie pu utiliser l'expression «fabuleusement riche» à la légère. D'où provient alors ce décalage entre mes attentes et la réalité? J'ai peut-être un début d'explication.

Je suis en effet frappé, en relisant les premières pages de mon cahier, de voir comme Henri et moi avons sous-estimé, quand il m'a confié cette affaire, les difficultés auxquelles nous exposait mon handicap. Nous étions à n'en pas douter conscients que mon amnésie appelait des mesures spécifiques. Bien que j'aie omis de rapporter cette partie de notre conversation, nous avons dû convenir ce jour-là que je tiendrais un journal. Nous avons probablement arrêté dans la foulée d'autres règles élémentaires de fonctionnement : la secrétaire d'Henri se chargerait de prendre mes rendez-vous, il m'appellerait tous les soirs pour me tenir informé des progrès de l'enquête, etc. Il semblerait qu'au bout du compte ces détails d'intendance nous aient fait perdre de vue la question essentielle, celle dont dépend au fond le succès de notre entreprise : serais-je capable de transcrire fidèlement mes impressions?

Force m'est aujourd'hui de reconnaître que je ne suis pas Agatha. Je pensais être à l'aise avec un stylo. Or les mots me viennent difficilement, par des détours compliqués, et quand ils arrivent enfin sur la page, ils n'expriment jamais tout à fait les nuances de ma pensée. Alors que j'aurais juré posséder un vocabulaire étendu, ce sont toujours les mêmes tristes épithètes qui jaillissent sous ma plume. Mes raisonnements s'abâtardissent lamentablement au contact du papier. Mes analogies sont plates et sans originalité, mes phrases mal construites, encombrées d'adverbes inutiles, de répétitions et d'oppositions artificielles. Je n'ai pas non plus le sens de la formule, de ces raccourcis foudroyants qui capturent en trois mots l'essence d'une situation.

Il en irait peut-être autrement si j'avais plus de temps. Je pourrais alors rédiger plusieurs traitements d'une même scène, me plonger dans les dictionnaires, peaufiner mes métaphores. Hélas, ce luxe m'est interdit. Je lève à peine le nez de mon cahier qu'il est déjà l'heure de m'y replonger. Monique dit que je me suis couché après minuit. La fin du récit trahit de fait une certaine précipitation, presque de l'urgence. Cela n'a rien d'étonnant. Je viens d'appeler Riancourt. L'infirmière m'informe que mon entretien avec Brunet a duré près de trois heures. Faute de pouvoir le transcrire dans son intégralité, j'ai inévitablement procédé à une sélection, taillé dans certains passages pour pouvoir être plus complet sur d'autres, voire laissé de côté des pans entiers de la conversation. Comment savoir si j'ai fait les bons choix? Je relis à l'instant mon récit et le trouve plein de béances. Par exemple, ai-je oublié d'attiser l'animosité de Brunet envers Stéphane

Roget comme l'aurait fait Hercule Poirot en espérant provoquer un lapsus ? Ou Brunet a-t-il réussi à maintenir un ton neutre quand je l'ai poussé dans ses retranchements ? A-t-il cité le titre du roman policier qu'il lisait le jour de la disparition et si oui, pourquoi ne l'ai-je pas noté ? Enfin, quid de cet article pour la revue américaine, dont le seul sujet me plonge dans des abîmes de perplexité : ne méritait-il vraiment pas plus d'une ligne ?

Une autre chose me gêne à la lecture : mes rapports avec Brunet. Chacun est d'une certaine façon dans son rôle. Je sais et il sait que je sais. Je ne lui trouve pas d'excuses et ne lui en cherche d'ailleurs aucune. Pourquoi mon récit donne-t-il alors à plusieurs reprises l'impression que je considère Brunet comme mon égal ? Certaines de mes relances pendant sa conférence sur le crime parfait frisent la complaisance et semblent n'avoir d'autre but que de le mettre en valeur.

Je ressens le besoin d'affirmer que mes valeurs morales sont plus solidement ancrées que jamais. Achille Dunot condamne sans réserve l'assassinat et ceux qui s'y adonnent.

*

Henri a débarqué à la maison « à l'heure de l'apéritif », selon sa propre expression. ~~Il s'est effondré dans un fauteuil avec un double whisky.~~

— C'est à n'y rien comprendre. J'ai cinquante hommes sur l'affaire et toujours pas l'ombre d'une piste. Nous ne sommes pas plus avancés qu'au premier jour. Et, pour couronner le tout, je ne sais pas quoi faire de Brunet. Sa garde à vue a expiré depuis belle lurette. Il n'est pas mis en examen ; tout au plus a-t-il reçu l'interdiction de quitter le territoire. Pourtant, il refuse de rentrer chez lui.

— Pourquoi ?

— Il dit que nous le placerions sous surveillance aussitôt après l'avoir relâché. Il prétend vouloir nous épargner de la besogne en restant à Riancourt.

— Son hospitalisation ne se justifie pourtant plus.

— Je sais. Je suppose qu'il faudrait l'emprisonner mais personne n'en a envie.

~~Il s'est resservi une rasade de whisky.~~

— Et de ton côté ?

— Les choses se décantent moins vite que je ne le souhaiterais, ai-je reconnu. En règle générale, les interrogatoires mettent au jour des mobiles inattendus ou des secrets compromettants. Rien de tel ici. Il n'y a ni scène du crime ni même certitude qu'un crime ait été commis. Il n'existe qu'un seul suspect qui possède tous les mobiles mais aucun alibi. C'est un cas très étrange, d'une simplicité confondante. Nous avons de toute évidence affaire à un adversaire exceptionnellement coriace.

— Ça, j'avais remarqué, a ricané Henri. Que comptes-tu faire à présent ?

— Je vais apprendre à connaître Brunet pour mieux m'identifier à lui.

Vendredi 12 mai

Enfin une percée ! Ce matin, Brunet a réclamé du papier et un stylo à l'infirmière qui venait prendre sa température, afin de tenir son journal. S'en sont ensuivis d'interminables conciliabules téléphoniques entre Hermann (le directeur de Riancourt), Maillard, Lebon et Henri, dont ce dernier m'a résumé la teneur. Maillard estime que la requête de Brunet va dans le bon sens et n'exclut pas que les mots aident son patient à recouvrer la mémoire. Tout le monde ne partage pas l'enthousiasme du psychiatre. Hermann dit vouloir éviter de créer un précédent mais semble surtout pressé de se débarrasser d'un pensionnaire encombrant : «Personne ne le retient. Si le service ne lui donne pas satisfaction, je peux lui recommander d'excellents hôtels.» Henri redoute quant à lui que Brunet ne prépare un livre dans lequel il rapporterait les traitements qu'il a subis pendant sa garde à vue. Lebon a eu le mot de la fin. Malgré la répulsion que lui inspire Brunet, il a expliqué qu'écrire constitue un droit fondamental, même derrière les barreaux. De même, il serait très difficile, pour ne pas dire impossible, selon lui, de s'opposer à une publication. Il a cependant rappelé qu'un principe légal interdit à un criminel de tirer un bénéfice financier de son forfait. Brunet se verrait donc contraint de reverser d'éventuels droits d'auteur aux familles des victimes, dans l'hypothèse où sa culpabilité serait établie. (Je me suis abstenu de faire remarquer que Brunet est le seul parent d'Émilie.)

Je suis très excité. Brunet vient de commettre sa première bourde, et quelle bourde ! S'il avait lu *Le meurtre de Roger Ackroyd*, il saurait ce qui attend les assassins qui s'improvisent chroniqueurs. Quand, vers la fin du livre, Poirot mentionne l'habitude qu'avait prise Hastings de rédiger un compte rendu de l'enquête, le docteur Sheppard lui prête imprudemment ses notes. Celles-ci confirment les soupçons que nourrissait Poirot à l'égard du médecin. «C'est un récit très minutieux et très fidèle. Vous avez relaté les faits avec exactitude et précision, malgré une certaine tendance à vous montrer trop discret sur la part que vous y avez prise», note-t-il non sans humour, avant de placer Sheppard devant l'implacable vérité et de lui laisser le choix entre un suicide honorable et une arrestation infâmante.

J'avoue m'être demandé par moments ce matin, en relisant ma prose, si Achille Dunot n'avait pas enfin rencontré son égal. Me voilà rassuré ! Mon adversaire est à l'évidence beaucoup moins fort que je ne le croyais puisqu'en m'ouvrant la fenêtre de son esprit, il vient de se priver du seul avantage qu'il détenait sur moi. Je vois jusqu'à présent Brunet à travers le prisme déformant du langage. Les mots de mon cahier sont comme un écran sale entre la réalité et mes petites cellules grises. Brunet m'offre sans s'en rendre compte l'occasion de passer un coup de chiffon sur l'écran. Je dois à tout prix le convaincre de me laisser lire son journal.

*

Brunet s'est initialement montré réticent à l'idée que je puisse consulter ses notes. «Pourquoi vous laisserais-je lire dans mes pensées? a-t-il demandé. Ne trouvez-vous pas le combat déjà assez inégal ainsi?» J'ai bluffé, prétendant qu'il n'avait pas le choix et qu'il m'appartenait de révoquer le privilège que lui avait accordé Lebon. «Très bien, a-t-il rétorqué. Puisque c'est ainsi, je renonce à mon projet.» Puis, comme si nous pouvions, ces formalités derrière nous, aborder le véritable objet de ma visite, il a commencé à m'exposer ses impressions sur *La mystérieuse affaire de Styles* dont il a lu les cent premières pages ce matin.

En entrant dans sa chambre, j'avais surpris Brunet en train de glisser un cahier vermillon sous son oreiller. Tout au long de notre entretien, il a dû se figurer que je le regardais quand je n'avais en fait d'yeux que pour le coin du cahier qui dépassait sous sa tête. Il s'agit d'un cahier d'écolier broché, à la couverture souple, guère différent de celui dans lequel j'écris ces lignes, mais qui semble posséder d'étranges propriétés magnétiques. Plus je le fixais et moins j'arrivais à me concentrer sur les paroles de Brunet. Les mots qui s'échappaient de ses lèvres semblaient autant d'ersatz, de leurres conçus pour me détourner des seuls mots ayant une réelle importance, ceux que contenait le cahier.

Au bout d'un moment, n'y tenant plus, j'ai proposé un marché à Brunet.

— Je tiens moi-même un journal de l'enquête. Je le mets à votre disposition si vous me laissez lire le vôtre.

Si mon offre a surpris Brunet, il s'est gardé de le montrer.

— Oui, vu votre condition, j'avais deviné que vous deviez procéder ainsi, a-t-il observé. À combien de pages êtes-vous rendu ?

— Une centaine.

— C'est peu. Mais, bien sûr, vous êtes doublement limité par ce que vous pouvez écrire et relire en l'espace d'une journée. Quels seraient les termes exacts de l'accord ?

— Chaque matin, un gendarme m'apportera un fac-similé de votre cahier et repartira avec la copie du mien. Vous gagnez largement au change puisque j'ai déjà écrit cent pages et vous encore aucune.

— Même ainsi, les termes de l'échange restent très déséquilibrés en votre faveur. La moindre erreur peut me coûter la vie.

Je me suis retenu de répliquer que j'avais à peine moins à perdre.

— Je suis tenté d'accepter votre proposition, a repris Brunet, ne serait-ce que par curiosité médicale. C'est, à ma connaissance, la première fois qu'un amnésique antérograde tient son journal. Qui sait, peut-être parviendrons-nous à vous rendre la mémoire.

— Dieu vous entende. Un dernier point : je veux être autorisé à réviser mes notes avant de vous les confier et à les obscurcir si besoin est.

Brunet n'a pas semblé considérer ma requête exorbitante.

— Je vois mal comment je pourrais vous refuser cette faveur, sachant que l'avantage que vous en retirerez ne sera que temporaire. Dès demain, vous aurez oublié ce qui se cache derrière vos pâtés et nous serons de nouveau à égalité.

~~Après quelques secondes, il a ajouté :~~

— À moins bien sûr qu'il ne vous prenne l'idée de tenir un deuxième registre par-devers vous, dans lequel vous reporteriez les éléments supprimés, voire les raisonnements que vous souhaiteriez garder hors de ma vue. Ne prenez pas cet air outragé, monsieur Dunot : les enjeux sont trop élevés pour que j'écarte a priori la moindre hypothèse.

— Vous m'offensez, monsieur Brunet. Achille Dunot joue franc-jeu, tout le monde vous le dira.

— Je vous crois. Nous sommes faits du même bois, vous et moi. Marché conclu. Envoyez votre estafette demain matin ; j'aurai quelque chose pour elle.

~~Il n'a pas tendu la main, sans doute parce qu'il savait que je ne l'aurais pas serrée.~~

Je compte cacher notre arrangement à Henri aussi longtemps que possible, car je doute qu'il recueille son approbation. En me relisant demain, mon comportement me paraîtra peut-être impulsif. Tant pis, j'ai appris à faire confiance à mes intuitions. J'aurais préféré idéalement ne pas avoir à ouvrir mon journal mais j'estime qu'il s'agit d'un prix modique à payer en regard des bénéfices que j'escompte de la lecture du cahier de Brunet. J'ignore comment Poirot aurait réagi si Sheppard avait demandé à consulter ses notes. Je suppose qu'il n'y aurait pas vu matière à objection et qu'il se serait juste efforcé de dissimuler ses soupçons à l'égard du docteur.

Mais je ne m'appesantis pas car j'ai fort à faire. Une nouvelle lecture m'attend, la deuxième de la journée. J'ai déjà repéré plusieurs passages à obscurcir absolument.

*

Un mot sur les principes qui m'ont guidé dans la révision des pages qui précèdent. Je n'ai pu évidemment supprimer la totalité de mes réflexions personnelles, sous peine de régresser dans mon enquête. Et pourtant, il est certaines impressions, certains moments critiques de mon raisonnement que je serais bien bête de partager avec Brunet.

Toute la difficulté consiste à produire un texte qui puisse se lire à deux niveaux, un peu comme ces documents écrits au jus du citron qui ne livrent leur message véritable qu'à la chaleur de la flamme. Le défi ne me semble pas insurmontable. J'ai souvent remarqué en effet que le sens des mots variait en fonction du lecteur. L'expression «triangle amoureux», par exemple, déclenche en moi un flot de souvenirs de faits divers, d'affaires réelles ou imaginaires. Je pense pêle-mêle à *Mort sur le Nil*, aux *Vacances d'Hercule Poirot*, aux *Cinq petits cochons*, à la police d'assurance-vie de la veuve Simonet ou à cet étrange cas de bigamie qui m'a valu ma promotion au rang d'inspecteur principal. Mon adversaire possède ses propres références. Malheureusement pour lui, c'est moi qui tiens la plume. Quand j'évoque «une situation classique de triangle amoureux», je me comprends; toute explication supplémentaire ne profiterait qu'à Brunet. Or si je lui ai ouvert les portes de mon journal, je n'ai jamais promis de l'aider à franchir le seuil.

Je n'ai au final obscurci qu'une dizaine de passages. Le chiffre peut sembler modeste mais j'ai plusieurs fois retenu mon geste, en réalisant que la phrase que je m'apprêtais à caviarder n'avait de toutes les façons de sens que pour moi. Je n'ai adouci aucun de mes commentaires sur Brunet, qui connaît mes sentiments à son égard. Enfin, j'avoue n'avoir pu me résigner à sabrer certaines références à ma vie intime. Je m'en excuse auprès de Monique; j'étais loin de me douter quand j'ai commencé ce cahier qu'il aurait un jour un deuxième lecteur.

Samedi 13 mai

J'attends d'une minute à l'autre la première livraison de Brunet. Franchement, je me demande si je n'ai pas commis une grosse bêtise en passant ce marché. J'ai mis plus de trois heures à relire mon cahier ce matin : que vais-je m'encombrer de sources supplémentaires ? En plus, je me méfie de Brunet. Je n'ai pas apprécié sa remarque hier : « Vous êtes limité par ce que vous pouvez lire chaque jour. » Je le soupçonne de vouloir me noyer sous un déluge de bavardages. Je dois à tout prix lutter contre la tentation d'annexer l'intégralité de sa prose et ne recopier que les extraits qui enrichiront réellement ma compréhension du personnage.

Sur un autre sujet, cette idée d'obscurcir certains passages se révèle à l'usage une épouvantable boulette. Je suis resté perplexe ce matin devant les pâtés qui mouchettent mon manuscrit, ne découvrant qu'à la dernière page l'office qu'ils sont censés remplir. Je comprends le raisonnement qui consiste à parier sur mes facultés de reconstitution et ne peux m'empêcher d'en apprécier la subtilité. Je crains malheureusement d'avoir surestimé mon habileté. Je me suis surpris plusieurs fois à élever — en vain — le cahier à la lumière, signe que je n'accordais pas un coefficient de certitude très élevé à mes supputations. En plus, l'encre a traversé le papier, c'est très vilain.

Les dégâts sont limités mais réels. Je crois pouvoir rétablir le reste du paragraphe sur le triangle amoureux, de même que la réflexion qui m'a traversé l'esprit quand Brunet a remarqué que mon amnésie représentait un handicap dans ma profession. Je suis déjà moins certain des raisons qui m'ont poussé à obscurcir deux lignes en date du 4 mai puis une autre quatre jours plus tard. Quant au pâté qui ponctue le récit de ma rencontre avec Eugénie Laplace, je ne me l'explique pas. Je formulais ce jour-là, comme j'en ai l'habitude à ce stade d'une enquête, une série de questions en apparence anodines mais dont je pressentais le pouvoir catalyseur : Brunet portait-il son alliance en présence d'Émilie ? Celle-ci connaissait-elle l'existence de l'appartement de la rue de Leipzig ? Etc. La quatrième question est biffée. Pourquoi ? J'ai bien quelques idées (comment Mlle Laplace s'est-elle procuré l'adresse d'Émilie ? Quelle étudiante a pris sa succession dans le lit de Brunet ?) mais aucune qui justifie un traitement particulier. Je m'arrache les cheveux depuis une heure, en proie à une frustration d'autant plus rageante que j'en suis seul responsable.

(J'ai longuement hésité à écrire ces lignes, qui m'attireront inévitablement les lazzis de mon adversaire, mais garder le silence sur mes erreurs me condamnerait à les répéter indéfiniment.)

Je dissimulerai désormais mes meilleures trouvailles dans des détectandes scripturaux.

*

Le gendarme est passé.

Le texte de Brunet combine l'exploit d'être très éloigné de ce que j'attendais et de confirmer mes plus sombres pressentiments. Rédigé d'une écriture élégante et serrée, il couvre une douzaine de feuillets sans faire explicitement référence à l'affaire, bien que le titre — *Introduction à la chasse à courre* — indique d'emblée qu'il n'est jamais question d'autre chose.

Si j'observais strictement les principes que je me suis fixés, je rangerais dans un tiroir cet article où l'érudition de Brunet le dispute à son outrecuidance sans rien révéler de réellement nouveau sur sa personnalité. Toutefois, après le regrettable épisode de ce matin, je me méfie de mes impulsions et préfère, dans le doute, en retranscrire quelques passages.

La chasse à courre — ou vénerie — consiste à pourchasser un animal sauvage (renard, cerf, sanglier, lapin, etc.) dans son milieu naturel, jusqu'à sa capture. Ce sont les Anglais qui, au XVIe siècle, ont formalisé une pratique vieille de deux mille ans, dont les origines coïncident approximativement avec la domestication du cheval. (...)

La vénerie réunit trois types d'acteurs : les chasseurs, organisés au sein d'un équipage, qui se déplacent à cheval, à pied, voire à vélo ; la meute, qui se compose de 20 à 100 chiens, aussi appelés limiers, choisis pour leur odorat, leur endurance et leur intelligence de la chasse ; et enfin l'animal. (...)

Une riche tradition sépare la vénerie des autres disciplines cynégétiques. Au cours d'une journée, un équipage chasse en principe un animal et un seul. Le chasseur n'est pas armé ; il ne peut compter que sur son habileté et sur le flair de son chien. Le fait d'évoluer sur son terrain constitue au demeurant un avantage supplémentaire pour l'animal, qui échappe à ses poursuivants dans 80 % des cas. La vénerie possède un langage (sonner l'hallali, être aux abois, etc.) et son propre instrument de musique, la trompe, dont les fanfares ponctuent les péripéties de la chasse. (...)

Le bon veneur gagne l'affection et le respect de ses chiens en leur rendant quotidiennement visite au chenil, en les brossant et en s'impliquant dans leur dressage. En cas de prise, il éventre l'animal et distribue ses viscères aux chiens affamés qui s'en repaissent voracement. (...)

La question de la reproduction des chiens semble occuper une place essentielle dans les discussions entre chasseurs. Brunet, qui s'est livré à d'innombrables croisements dans sa quête du chien idéal, verse dans un lyrisme inhabituel quand il évoque l'aboutissement de ses expérimentations, un poitevin mâtiné d'anglo-français prénommé Auguste. *De son père, il a hérité l'instinct du chasseur ainsi qu'un odorat exceptionnellement fin, tandis que sa mère lui transmettait une robustesse et une endurance hors du commun. Au contraire des autres chiens, toujours prêts à abandonner la piste princi-*

pale pour une prise plus facile, Auguste reste concentré sur sa proie, dont il n'a pas son pareil pour percer le change. Il faut le voir, la truffe palpitante, hésiter entre deux voies, trépigner, se redresser pour humer l'air et s'élancer soudain ventre à terre. (...) Il module aussi admirablement son cri en fonction des phases de la chasse : espacé dans le rapproché, glapissant dans le bat-l'eau, strident au moment de l'attaque. (...) Auguste est mon plus fidèle compagnon, mon confident, le dépositaire de tous mes secrets, petits et grands.

La deuxième moitié de l'article, plus instructive, porte sur les principales ruses qu'utilise l'animal pour mettre la meute en échec.

Il peut donner le change, c'est-à-dire traverser la voie et rejoindre des congénères pour mêler leur odeur à la sienne.

Il peut passer un cours d'eau, ce qui a pour effet d'interrompre sa trace olfactive.

Dans le forlonger, il s'assure une telle avance sur les chiens que ceux-ci perdent sa trace.

Il peut enfin revenir sur ses pas, créant ainsi l'illusion d'une double voie qui déconcerte ses poursuivants : c'est le hourvari.

Le parallèle entre détection et chasse à courre est si évident que j'en viens à chercher dans le récent comportement de Brunet des similitudes avec certains des stratagèmes qu'il décrit. J'exclus a priori le passage d'eau et le forlonger : Brunet n'est pas un fugitif, comme le prouve son refus de quitter Riancourt. J'interprète en revanche son souci de s'inscrire dans une longue lignée de criminels (Lafcadio,

Bruno Anthony, etc.) comme le signe qu'il cherche à donner le change. Peut-être espère-t-il que la trace de ces illustres assassins couvrira la sienne. Quant au hourvari, il semble constituer sa ruse de prédilection. Brunet revient constamment en arrière : il ôte son alliance comme s'il ne s'était jamais marié, récite son emploi du temps comme s'il n'était pas amnésique, refuse puis accepte de me laisser lire son journal.

Hélas, comme le note mon adversaire, *le hourvari est la ruse la plus subtile. Bien exécuté, il est presque impossible à détecter. Devant la multiplicité des pistes qui s'offrent à lui, le limier n'a d'autre choix que de les suivre toutes, perdant ainsi un temps précieux dont l'animal profite pour s'enfuir.*

*

En regardant Hastings pisser entre deux voitures, je me suis surpris à songer à ce que donnerait une conversation entre lui et Auguste. Avec ses pattes courtes, ses paupières tombantes et sa bedaine qui traîne au sol, mon basset n'a pas les gènes supérieurs du chien de Brunet. Il n'a jamais rien attrapé de plus gros qu'une souris et s'il est capable de moduler son cri, c'est à l'intérieur d'un éventail limité qui va du couinement plaintif (quand le vétérinaire lui coupe les ongles) au jappement guilleret (quand je lui lance une saucisse). Pour toutes ces raisons, Auguste le jugerait inoffensif et se laisserait imprudemment aller à des confidences que mon brave Hastings me rapporterait sans les comprendre.

Dimanche 14 mai

Coup de fil surréaliste d'Henri en début d'après-midi. Cette affaire — à moins que ce ne soit la récompense mirobolante promise par Brunet — l'obsède au-delà de l'imagination. Désormais convaincu que les cadavres d'Émilie et Stéphane se trouvent dans l'enceinte des Hêtres, il m'a décrit par le menu les recherches que ses hommes (ils sont maintenant une centaine) ont entreprises pour localiser les corps.

~~Ils ont d'abord perquisitionné la maison, en divisant la totalité de sa surface en compartiments qu'ils ont numérotés pour être sûrs de n'en omettre aucun. Ils ont ausculté les murs à la recherche d'un compartiment secret, démonté les parquets, inspecté le grenier, visité les caves et mis sens dessus-dessous les écuries.~~

~~Les fouilles extérieures n'ont pas été moins minutieuses. Ils ont descellé les pavés de l'allée, dragué l'étang, vidé la fosse septique, démoli la gloriette, saccagé le potager, battu les fourrés, transpercé un épouvantail et sondé chaque tronc d'arbre de la forêt.~~

Henri s'est résolu à ce stade à solliciter l'expertise de prestataires extérieurs : géomètres, plombiers, paysagistes, bûcherons, détecteurs de métaux et même un radiesthésiste. Ces démarches n'ont pas été entièrement vaines. Le géomètre qui s'était muni du plan cadastral a corrigé plusieurs erreurs et le radiesthésiste a découvert une source souterraine. Henri ne s'avoue pas vaincu. Il a loué deux excavatrices et semble déterminé à retourner chaque centimètre carré du parc.

J'écoutais sa litanie d'une oreille distraite, tout en regardant *L'Inconnu du Nord-Express* dont Monique m'a déniché une copie. (J'ai en effet décidé de lire chaque livre et de visionner chaque film mentionné par Brunet.) Exercice incroyablement frustrant : comme je connais l'intrigue, mon doigt n'a pas quitté la touche «avance rapide» de la télécommande. J'ai noté quelques détails qui trouveront peut-être un jour leur place dans le puzzle de cette affaire. Bruno suit la femme de Guy à bord d'un canot baptisé Pluto. Plus tard, expliquant à deux femmes rencontrées dans un cocktail comment commettre un crime, il dit préférer la strangulation à toute autre méthode («Voyez ces mains, ce sont les meilleures armes : simples, silencieuses et rapides, le deuxième aspect étant le plus important»).

Suis passé sans transition à *La Corde*, cet autre film d'Hitchcock que Brunet prétend connaître par cœur et que je voyais quant à moi pour la première fois. L'histoire est des plus simples. Deux étudiants, Philip et Brandon, donnent une réception en l'honneur de leur ami David. Peu avant l'arrivée des invités (parmi lesquels le père, la tante et la fiancée de David), ils étranglent celui-ci avec une corde et jettent son corps dans une malle en bois en attendant de l'expédier au fond d'un lac. Leurs motivations sont purement d'ordre esthétique : ils n'ont tué que pour prouver qu'ils en étaient capables.

La soirée bat à présent son plein. Tandis qu'on s'étonne de l'absence de David, Brandon, grisé par son audace, prend un plaisir pervers à ramener sans cesse la conversation sur le terrain du crime. «Le meurtre est un art, pérore-t-il, et devrait à ce titre être réservé aux créatures supérieures. Les notions de bien et de mal ont été inventées pour l'homme de la rue.» Philip, quant à lui, donne les signes d'un malaise croissant : il est clair qu'il a agi sous l'influence de Brandon et qu'il regrette à présent son geste. Heureusement, un convive (Rupert, interprété par James Stewart) remarque son trouble. Il le rapproche des vantardises de Brandon, finit par reconstituer la vérité et appelle la police en tirant des coups de feu par la fenêtre.

Point n'est besoin d'être grand clerc pour noter la ressemblance qui existe entre Brunet et Brandon. Tous deux professent un dédain souverain pour les petites gens, «des homoncules qui ne valent même pas l'air qu'ils respirent»; tous deux élèvent l'assassinat au rang des beaux-arts. Pour autant, au contraire de Bruno chez qui la strangulation constitue clairement un succédané de l'éjaculation, ils ne dérivent aucun plaisir immédiat de la consommation de leurs forfaits. Eux jouissent dans les mots, dans la célébration voluptueuse de leur virtuosité. Leur orgasme n'a théoriquement pas de fin : chaque allusion, chaque phrase à double sens les plonge dans de nouvelles transes. Arrive pourtant un moment bien connu de l'onaniste où le plaisir s'émousse. Brandon ne peut prolonger son érection qu'au prix de risques sans cesse plus élevés qui finiront par sceller sa perte. Il dresse la table du dîner sur la malle où gît sa victime, se déclare devant le père de David en faveur de l'instauration «d'une semaine du coupe-gorge et d'une journée nationale de la strangulation» et va jusqu'à prêter au pauvre homme quelques bouquins qu'il attache avec la corde qui a servi à tuer son fils.

Je crois Brunet trop intelligent pour succomber à de tels enfantillages. Je me demande en revanche s'il a remarqué que ses deux films favoris sont placés sous le signe du double. Dans *L'Inconnu du Nord-Express*, plusieurs indices suggèrent que Bruno et Guy constituent les deux faces d'une même pièce. Le film s'ouvre sur des plans parallèles de leurs jambes coupées à hauteur des genoux qui marchent vers le train ; ce n'est que lorsque les deux hommes sont réunis dans la voiture-restaurant qu'Hitchcock nous montre enfin leur visage. Un peu plus tard, la locomotive arrive à un embranchement qui symbolise le dilemme de Guy face au marché que s'apprête à lui proposer Bruno : le train bifurque à droite, préfigurant la morale vertueuse du film.

Configuration quasi identique dans *La Corde*, où Brandon et Philip, bien qu'amis, possèdent des personnalités diamétralement opposées. Le premier — dandy, brillant causeur et féru de littérature — exerce sur le second — timide, musicien et introverti — un puissant ascendant dans lequel entre une subtile composante homosexuelle. Brandon, seul, aurait pu tuer David. Pas Philip.

Deux êtres tiraillés, deux joutes héroïques dans le combat éternel que se livrent les armées du Bien et du Mal. L'issue de la bataille est lente à se dessiner. Même après la mort de sa femme, Guy ne peut se résoudre à dénoncer Bruno ; même après le meurtre de David, Philip réprime les aveux qui lui brûlent les lèvres. Et puis, juste au moment où le spectateur commence à perdre foi en l'homme, Guy et Philip (interprétés par le même acteur, Fairley Granger) trouvent le courage d'extirper le vice qui les gangrène.

Brunet ne laisse rien au hasard. S'il visionne inlassablement ces deux films, c'est sans doute parce qu'ils expriment la lutte qui fait rage en lui. Dois-je comprendre puisqu'il m'invite à les regarder qu'il a besoin de mon aide pour vaincre ses démons ?

*

Trop excité pour aller me coucher.

J'ai eu tout à l'heure une illumination qui pourrait bien se révéler décisive.

Je promenais Hastings après le dîner en réfléchissant au point de départ du scénario de *La Corde*. Avant d'étrangler David, Brandon et Philip ont déjà prévu de fourrer son cadavre dans une malle. Mais où ranger celle-ci ? Et comment s'assurer que personne ne sera tenté d'en soulever le couvercle ? L'idée de traîner la malle au milieu du salon, de la recouvrir d'une nappe et de dresser le buffet dessus naît alors dans le cerveau pervers de Brandon. «Nourrir les parents de David sur le corps de leur fils sera la touche finale, exulte-t-il. Se priver de ce plaisir serait comme peindre un tableau et ne pas l'accrocher.»

À partir de ce moment, le meuble occupe, au propre comme au figuré, la place centrale du film. Philip ne la quitte pas du regard et le spectateur retient sa respiration chaque fois qu'un convive s'en approche. Alors même qu'il commence à soupçonner l'horrible vérité, James Stewart se refuse à envisager que le corps de David puisse encore se trouver dans l'appartement et encore moins dans la pièce.

Je songeais à ce vieil adage policier — les choses les mieux cachées sont parfois celles qui nous crèvent les yeux — quand je me suis souvenu d'une réplique de Brunet : «Si nous étions à mon bureau, je pourrais vous désigner sur un spécimen de cerveau le siège exact de votre mal.» Une étincelle a jailli en moi. J'ai couru vers ma voiture, Hastings a bondi sur la banquette arrière et j'ai démarré pied au plancher en direction des Hêtres où je suis arrivé peu avant minuit. J'ai longuement sonné à la grille. Une femme en robe de chambre — sans doute Mlle Landor puisqu'elle m'a reconnu — est venue m'ouvrir. Elle nous a conduits au bureau de Brunet en pestant contre Hastings qui crottait les tapis. Nous nous sommes enfin retrouvés devant une lourde porte en bois. Mlle Landor a tourné une clé dans la serrure, pénétré dans la pièce et allumé la lumière.

Je ne m'étais pas trompé. Deux bocaux de formol

contenant chacun un cerveau reposaient en évidence sur le bureau.

J'ai immédiatement appelé la médecine légale. Ils pensent que le petit cerveau est celui d'Émilie, le plus gros celui de Roget.

Nous serons fixés demain après les analyses.

Lundi 15 mai

Cruelle désillusion : les cerveaux ne sont pas ceux d'Émilie et Stéphane. D'après le laboratoire, ils baignent dans le formol depuis plusieurs années.

La deuxième livraison du journal de Brunet a achevé de me démoraliser. Je la recopie in extenso.

Je me promenais récemment dans les Samorins, quand mes pas m'ont mené au bord d'une redoutable crevasse. Le spectacle du vide a éveillé en moi le souvenir d'un texte de Poe, intitulé Le démon de la perversité, *que vous connaissez peut-être. Si tel n'est pas le cas, permettez-moi de citer ce cher Edgar.*

Un passant longe un précipice. «Il éprouve malaise et vertige à regarder dans l'abîme. Son premier mouvement est de reculer loin du danger et pourtant, inexplicablement, il reste. Il ne peut s'empêcher de se demander ce qu'il ressentirait durant le parcours d'une chute faite d'une telle hauteur et, parce que son jugement l'éloigne violemment du bord, à cause de cela même, il s'en rapproche plus impétueusement. Il n'est pas dans la nature de pas-

sion plus diaboliquement impatiente que celle d'un homme qui, frissonnant sur l'arête d'un précipice, rêve de s'y jeter. Se permettre, essayer de penser un instant seulement, c'est être inévitablement perdu; car la réflexion nous commande de nous en abs
nir, et c'est à cause de cela même que nous ne le pouvons pas. S'il n'y a pas un bras ami pour nous arrêter ou si nous sommes incapables d'un soudain effort pour nous rejeter loin de l'abîme, nous nous élançons, nous sommes anéantis. »

Le narrateur du texte de Poe dit avoir été victime de cette tentation de perpétrer une action uniquement parce qu'il sentait qu'il ne le devrait pas. « J'avais commis le crime parfait, raconte-t-il. J'avais tué un homme en empoisonnant sa chandelle. Le coroner avait conclu à une mort naturelle. J'héritais de la victime une fortune considérable et tout alla pour le mieux pendant plusieurs années. Je n'avais pas laissé derrière moi la moindre trace qui pût servir à me convaincre ou même à me faire soupçonner du crime. On ne saurait concevoir quel magnifique sentiment de satisfaction s'élevait dans mon sein quand je réfléchissais sur mon absolue sécurité. Pendant une très longue période de temps, je m'accoutumai à me délecter dans ce sentiment. Il me donnait un plus réel plaisir que tous les bénéfices purement matériels résultant de mon crime. Un jour pourtant, en flânant dans les rues, je me surpris à murmurer : Je suis sauvé, je suis sauvé; oui, pourvu que je ne sois pas assez sot pour confesser moi-même mon cas! À peine avais-je prononcé ces paroles que je sentis un froid de glace filtrer jusqu'à mon cœur. J'avais acquis quelque expérience de ces accès de perversité et je me rappelais fort bien que dans aucun cas je n'avais su résister à ces victorieuses attaques. Et maintenant, cette suggestion fortuite, venant de moi-même, que je pourrais bien être assez sot pour confesser le meurtre dont je m'étais rendu coupable, me confrontait comme l'ombre même de celui que j'avais assassiné et m'appelait vers la mort. »

Dès lors, le ver est dans le fruit. Le narrateur lutte de toutes ses forces contre la tentation de confesser son forfait tout en sachant qu'il va finir par y succomber. Il allonge le pas pour étouffer le désir de crier à pleins poumons qui le gagne. Bientôt, il court et se figure que les promeneurs qu'il dépasse sont lancés à ses trousses. Il finit par avouer le meurtre en pleine rue et s'évanouit. Il se réveille en prison.

Je chancelle en pensant que mon adversaire a rédigé ces lignes au moment où, visionnant *La Corde* et *L'Inconnu du Nord-Express*, j'espérais qu'il puisse être gagné par le remords. Brunet m'adresse un message dans les termes les plus clairs. Contrairement au narrateur de Poe, il ne craint pas d'évoquer son crime à voix haute. Le démon de la perversité n'a aucune prise sur lui. Il n'avouera jamais.

*

Passé l'après-midi chez Marie Arnheim. Je la raye définitivement de la liste des suspects. Cette femme est un ange. Elle aime Émilie comme une sœur, déteste Brunet de tout son être et a passé le week-end de la disparition chez ses beaux-parents à cinq cents kilomètres de Vernet. Je regrette de l'avoir comparée à Greta Andersen.

Brunet a agi seul, j'en suis convaincu.

*

Me suis surpris à parler à Hastings tantôt. «Courage mon ami! Le bilan de cette journée est moins calamiteux qu'il n'y paraît. Je sens que je commence à m'identifier à Brunet. Nous avons pensé à *La Corde* en même temps. C'est un début.»

Hastings m'a regardé en agitant la queue. Puis il a enfoui son museau dans une poubelle.

Mardi 16 mai

Encore une journée à passer par pertes et profits.
Me suis endormi à ma table après le déjeuner, ~~la
faute sans doute à la blanquette. J'ai demandé à
Monique d'arrêter de cuisiner des plats en sauce.~~
~~Quand je me suis réveillé, j'avais tout oublié de ma
lecture. Je n'ai pas eu le courage de recommencer à
zéro. Aussi mes notes sont trop verbeuses. Je comprends évidemment pourquoi je ne jugeais pas utile
de me censurer au début : la crainte de négliger un
détail me poussait à écrire trop plutôt que trop
peu. Je ne me rendais pas compte à l'époque qu'il
me faudrait lire chaque phrase — y compris celle-ci
— chaque jour que durerait l'enquête.~~

Proscrire tout bavardage.

Mercredi 17 mai

Nouvelle livraison de Brunet, qui repousse les limites de la cuistrerie en s'adressant désormais à moi directement.

Cher Monsieur Dunot,

Une récente entrée de votre journal a retenu mon attention : « Je dissimulerai désormais mes meilleures trouvailles dans des détectandes scripturaux. » N'étant pas familier de ce concept et inquiet de la confiance que vous semblez placer en lui, je me suis livré à quelques recherches afin de préserver mes chances de survie.

Le terme de détectande, que l'on doit à une universitaire française, réunit sous une seule bannière deux éléments essentiels du roman policier, l'indice et le leurre, qui, bien que se présentant de manière identique, remplissent des fonctions opposées. L'indice est conçu pour mettre le lecteur sur la voie de l'assassin, le leurre pour l'en détourner. La barbe d'Alfred Inglethorp dans La mystérieuse affaire de Styles *(« une des plus longues et des plus noires*

qu'il m'ait été donné de voir», note Hastings)
constitue un excellent exemple de détectande. Indice
ou leurre ? À la lecture, j'ai d'abord opté pour la
deuxième solution, tant il paraît évident de prime
abord qu'Agatha Christie n'a doté son personnage
d'une si effrayante pilosité que pour accentuer la
suspicion instinctive qu'il inspire à son entourage.
Erreur ! Il s'agissait en fait d'un indice. Quand Poirot découvre une fausse barbe dans une vieille
malle de déguisements, il comprend en effet que ce
n'est pas Inglethorp qui a acheté de la strychnine
chez le pharmacien, mais sa complice Miss Howard,
grimée en homme et affublée du postiche.

Passons rapidement sur les catégories classiques
de détectandes — matériels (un détail anatomique,
un objet retrouvé près du corps de la victime...), cir-
constanciels (tels qu'un feu dans la cheminée en
plein été), linguistiques (remarques saugrenues, lapsus, etc.) — pour nous intéresser aux détectandes
scripturaux dont Gaston Leroux est généralement
considéré comme l'inventeur. Dans Le mystère de la
chambre jaune, le père de Rouletabille décrit ainsi
la chambre de Mathilde Stangerson qui vient de
faire l'objet d'une tentative d'assassinat : « Le plancher était recouvert d'une natte jaune, d'un seul
morceau, qui tenait presque toute la pièce. La table
ronde du milieu, la table de nuit et deux chaises
étaient renversées. Elles n'empêchaient point de
voir, sur la natte, une large tache de sang qui provenait de la blessure au front de Mlle Stangerson. »
Conglomérez les mots de l'expression « large tache

de sang» et vous obtenez «Larsan», le nom de l'agresseur de Mathilde.

Agatha Christie a utilisé les détectandes scripturaux à une tout autre échelle que Leroux, s'enhardissant à chaque nouvelle astuce jusqu'à nous gratifier de quelques perles que je n'hésiterai pas à qualifier de miraculeuses.

Dans Un, deux, trois, l'enquête sur l'assassinat du docteur Morley tourne autour de l'heure à laquelle a été commis le crime. Entre deux interrogatoires, Poirot croise un groom qui lit un roman intitulé La mort arrive à 11 h 45. À la fin du livre, le Belge remarque : «La vérité, il est curieux de le noter, fut dite, tout à fait par hasard, presque au début de l'affaire. Nous aurions dû voir dans ce titre un présage.»

Plus spectaculaire encore : Drame en trois actes, dont l'intrigue est située dans le milieu du spectacle. Agatha — j'espère que vous me pardonnerez cette familiarité — insère entre la page de garde et le début du récit le fac-similé d'une affiche de théâtre :

Mise en scène : Sir Charles Cartwright

Assistants : Mr Satterthwaite, Miss Hermione Lytton Gore

Costumes : Ambrosine

Éclairages : Hercule Poirot

Tout est dit dès la première page : Cartwright est le cerveau du crime et Poirot va faire la lumière sur ses agissements !

Mais mon détectande scriptural préféré se trouve dans Le couteau sur la nuque, que j'ai lu hier soir

entre chien et loup, alléché par la description flat-
teuse que vous en dressiez. Les suspectes sont clai-
rement identifiées : Jane Wilkinson et la comédienne
Carlotta Adams, qui l'imite à s'y méprendre. Mais
laquelle des deux s'est présentée chez lord Edgware
pour lui vriller un poignard dans la nuque ? Aviez-
vous remarqué qu'Agatha nous souffle la réponse
dès le quart du récit ? Page 29, Bryan Martin met
Poirot en garde contre Jane Wilkinson : «Elle est
<u>froide comme un concombre</u>. Si quelqu'un se met
sur sa route, elle l'éliminera sans hésiter.» Une
dizaine de pages plus loin, l'inspecteur Japp (quel
âne celui-là !) relate les événements du soir du
meurtre. «Elle a sonné et a demandé lord Edgware.
Il était 10 heures. Le majordome a dit qu'il allait
voir. "Oh, elle a dit, <u>froide comme un concombre</u>.
Inutile. Je suis lady Edgware."» Comprenez-vous ?
La visiteuse est sans équivoque possible Jane Wil-
kinson. Quelle beauté !

Mais je ne doute pas que votre arsenal contienne
des ruses encore bien plus subtiles. Il me tarde de
découvrir les pépites que vous avez dû cacher dans
votre journal.

*

En tournant les pages de mon cahier ce matin,
je me suis souvenu de Kempelen, ce professeur de
l'école de police qui avait développé la théorie du
regard absolu. Le regard absolu, c'est celui que porte
sur une affaire l'enquêteur qui découvre simultanément l'ensemble des éléments du dossier. Il est par

nature fugace et unique. Dès que le détective se familiarise un tant soit peu avec le dossier, dès qu'il rencontre un suspect pour la deuxième fois, son regard se modifie, « se relativise » pour reprendre l'expression de Kempelen. Ce qu'il gagne en acuité, il le perd en fulgurance. « À moins que vous ne vous spécialisiez dans la réouverture de vieilles affaires classées, ajoutait Kempelen, vous ne rencontrerez qu'une poignée de situations de regard absolu dans votre carrière. Que cela ne vous empêche pas d'essayer d'en reproduire les conditions. Fermez les yeux et purifiez-vous de tout ce que vous savez sur l'affaire. Abandonnez provisoirement vos soupçons. Bannissez de votre mémoire jusqu'aux noms des suspects. Puis relisez le dossier d'une traite. Il vous livrera toujours une vérité nouvelle. »

Et si mon amnésie n'était pas un handicap mais une bénédiction, l'occasion inespérée d'examiner la disparition d'Émilie Brunet avec la fraîcheur du premier jour ?

Qu'ai-je appris ce matin ? Qu'Émilie et son amant ont disparu. Qu'un seul homme, Claude Brunet, avait intérêt à leur mort. Que cet homme ne peut rendre compte de ses faits et gestes le jour de la disparition car il prétend avoir perdu la mémoire.

Depuis le début de cette affaire, Henri et moi avons considéré l'épisode du tabassage de Brunet comme fortuit. Or si l'on pense que Brunet est coupable, il est évident que cette séance de sévices constitue la pièce maîtresse de son dispositif. « Brunet ne laisse rien au hasard », ai-je écrit quelque part dans ce cahier. J'aurais pu ajouter : « Rien ne lui arrive par hasard non plus. »

Je dois rencontrer Victor Vega pour comprendre ce qui s'est passé ce soir-là au commissariat.

*

Appelé Henri pour obtenir l'adresse de Vega. Il me fait part d'un développement catastrophique : Brunet a écrit à Lebon ; il demande à être jugé le plus rapidement possible.

Lebon, que j'ai réussi à joindre en début de soirée, s'est montré d'une veulerie exaspérante.

— Il veut être blanchi, on peut le comprendre, non ?

— Blanchi ? Mais il n'est même pas mis en examen !

— La question n'est pas là. Il estime — je cite — « que les circonstances de [sa] garde à vue entachent [sa] réputation d'un soupçon intolérable » et exige un « jugement impartial et rapide qui établira [son] innocence de manière indiscutable ». Entre nous, je crois qu'il a la trouille que cette histoire lui coûte le Nobel.

— Entre nous, je crois qu'il a tué sa femme et qu'il tente une Inglethorp.

— Une quoi ?

— Une Inglethorp. Vous n'avez jamais lu *La mystérieuse affaire de Styles* ? Brunet, si, et pas plus tard qu'avant-hier. Emily Inglethorp — vous noterez la coïncidence de prénoms — meurt empoisonnée. Tout accuse son mari, Alfred : il hérite d'une fortune

156

considérable, a été vu achetant de la strychnine peu avant le drame et surtout ne peut produire d'alibi. On s'achemine vers un procès. Au dernier moment cependant, Poirot disculpe Inglethorp et c'est le fils de la victime, John Cavendish, qui finit dans le box des accusés...

— Écoutez, Dunot, si vous croyez que j'ai le temps de...

— Laissez-moi finir. Cavendish est acquitté et Poirot démasque le véritable coupable. Alfred Inglethorp avait délibérément attiré les soupçons sur lui. Il possédait bien un alibi mais le réservait pour le tribunal, sachant que son acquittement le placerait à jamais hors d'atteinte de la justice qui ne peut juger un homme deux fois pour le même crime.

— Attendez. Seriez-vous en train de recommander que nous calquions notre stratégie sur celle d'Hercule Poirot ?

— Mais oui, puisque Brunet imite celle d'Inglethorp. L'étau se referme sur lui. Il est pressé d'en finir.

— En somme, vous me demandez de surseoir à sa demande.

— Accordez-moi trente jours et je lèverai le voile sur le mystère de la disparition d'Émilie Brunet.

Jeudi 18 mai

Douloureuse entrevue avec Victor Vega. L'homme que j'ai rencontré cet après-midi dans un pavillon décrépit du quartier Nord est totalement brisé et ne présente plus qu'une lointaine ressemblance avec la photo que m'avait remise Henri, qui représente un jeune inspecteur au garde-à-vous, en costume d'apparat et sourire étincelant, le jour de la remise de son diplôme.

Vega m'a ouvert la porte. Ignorant la main que je lui tendais, sans même répondre à mes salutations, il est retourné se percher, les jambes repliées contre la poitrine, sur un fauteuil en velours défraîchi dans le salon. Je me suis assis à mon tour, sans y être invité. Pas une fois pendant les deux heures qu'a duré notre entretien je n'ai réussi à croiser son regard.

Mes premières questions ne rencontrant qu'un silence poli, j'ai changé mon fusil d'épaule et entrepris d'interroger mon interlocuteur sur ses états de services. Vega s'est décrispé quand il a compris que je venais en ami et non pour lui soutirer des informations en vue de sa prochaine convocation devant le conseil de discipline. Il a confirmé, d'abord par des monosyllabes puis par des explications progressivement plus élaborées, ce qui ressort de la lecture de son dossier : c'est un bon inspecteur, méthodique, travailleur, apprécié de ses collègues et bien noté par sa hiérarchie. Comme il m'exposait — à ma demande, car le garçon n'est pas vantard pour deux sous — le rôle qu'il avait joué dans une récente affaire d'infanticide, j'ai également pu apprécier la justesse, voire la finesse, de son raisonnement.

Après plusieurs faux départs, Vega s'est finalement lancé dans le récit des événements du 30 avril.

— Brunet est arrivé au commissariat vers 19 heures. Il était très poli, à la limite de l'obséquiosité : il ne voulait pas nous déranger, nous avions sûrement mieux à faire, etc. Sa femme avait disparu. Il n'y avait probablement pas de quoi s'inquiéter mais il préférait le signaler. On n'était jamais trop prudent, ce genre d'aphorismes à la noix.

— Donnait-il l'impression de connaître les lieux ?

— Non. C'était à l'entendre la première fois qu'il mettait les pieds dans un poste de police. C'est fou ce qu'il parlait, du reste ! Impossible de l'arrêter. Il voulait tout savoir. Pourquoi n'étions-nous pas plus nombreux ? Le commissariat était-il équipé d'une cellule ? À quelle heure s'effectuaient les relèves ?

— Vous lui répondiez ?

— Au début, oui. La soirée promettait d'être longue, je n'étais pas exactement débordé de travail et Charrignon a horreur qu'on le dérange quand il évalue ses canassons. Accessoirement, j'estime que les contribuables ont le droit de savoir où passe leur

argent. Au bout d'un moment, j'ai tout de même sif-
flé la fin de la récréation. J'ai glissé une feuille dans
le rouleau de la machine à écrire et j'ai prié Brunet
de décliner son état civil.

— Pourquoi Charrignon n'a-t-il pas pris lui-même
la déposition?

— Je vous l'ai dit, il faisait son tiercé.

— Ça ne vous dérangeait pas?

— Non. Je ne rechigne pas à la besogne. Et puis
le nombre de rapports que nous produisons entre en
compte dans notre évaluation. À l'époque, je pensais encore avoir un avenir dans la police.
~~Je n'ai pas relevé. J'étais conscient que Vega pou-~~
~~vait s'effondrer à tout moment et je n'avais pas le~~
~~temps de jouer les saint-bernard.~~

— Quand Charrignon s'est-il éclipsé?

— Pendant que Brunet énonçait son adresse. Il
s'est approché de mon bureau, son cartable sous le
bras, en grommelant une vague excuse à propos d'un
dîner chez ses beaux-parents. Avant que j'aie pu dire
ouf, il avait mis les voiles.

— Comment a réagi Brunet à son départ?

— Il a eu un drôle de commentaire : «On dit
toujours qu'il faut éviter de se retrouver seul dans
un commissariat, mais c'est curieux, avec vous je
n'ai pas peur.» Ça m'a agacé. Il faisait évidemment
allusion aux bavures. Je ne nie pas leur existence,
notez bien, mais le simple fait qu'il puisse m'en
croire capable m'a mis en pétard.

— Il a pourtant dit qu'avec vous, il se sentait en
sécurité.

— C'est justement sa formulation qui m'a gêné.

D'un côté, il n'avait pas peur, mais de l'autre, il m'englobait dans la même phrase que ces brutes qui déshonorent la police.

— Comme si la proximité des mots induisait celle des comportements?

— Exactement. Il s'est alors passé quelque chose d'étonnant. Une image fulgurante m'a traversé l'esprit : je me suis vu empoigner la nuque de Brunet et lui enfoncer violemment la tête dans le clavier de la machine à écrire. Ça n'a duré qu'une fraction de seconde, mais une foule de détails se sont imprimés sur ma rétine : les aiguilles de la pendule qui marquaient trois heures et demie, une tache de café en forme d'Australie sur le lino, la doublure déchirée de ma veste accrochée au portemanteau, le canard de pronostics de Charrignon qui dépassait de sa bannette de courrier... J'avais beau essayer de chasser ce tableau de mes pensées, il ressurgissait aux moments les plus inattendus. «N'y prête pas attention, me disais-je au début. Ce n'est qu'un scénario parmi les autres, une des mille façons dont peut tourner cet interrogatoire. Il ne tient qu'à toi que les événements suivent un autre cours.» J'essayais à l'appui de mon raisonnement de visualiser des scénarios alternatifs. Il y avait celui où, sa déposition signée, je serrais la main de Brunet en promettant de le tenir informé; celui où une grand-mère téléphonait à minuit pour se plaindre que ses voisins de palier faisaient la bamboula et même celui où Charrignon, bourrelé de remords, repassait au commissariat après le dîner. Mais tous restaient obstinément flous, comme si, sans même me consulter, mon cerveau ne leur attribuait aucune chance de se réaliser. La scène de la machine à écrire, elle, gagnait en consistance à une vitesse effrayante. Le flash revenait à intervalles de plus en plus rapprochés. J'attendais chaque fois un peu plus longtemps pour le dissiper, envisageant au passage de nouveaux aspects du problème. Le choc assommerait-il Brunet ? Quelles touches s'encastreraient le plus profondément dans son front ? Laquelle lui briserait le nez ? À ce moment-là bien sûr, il était déjà trop tard. Je savais au fond de moi que la seule façon de vaincre le sortilège consistait à m'y abandonner.

~~J'aurais pu soulager sa souffrance en lui parlant du démon de la perversité, mais cela nous aurait menés trop loin.~~

— Comment Brunet a-t-il présenté la disparition de sa femme ?

— Il a dit qu'elle était partie la veille randonner dans les Samorins. «Seule ? j'ai demandé. — Avec son petit ami», a-t-il répondu. Croyant avoir mal compris, je l'ai fait répéter. «Ben oui, il a confirmé. Avec son petit ami. Son amant. Son chéri. Son julot.» Le tout sur un ton provocateur, comme s'il me mettait au défi de poursuivre dans cette direction.

— Ce que vous avez fait ?

— Absolument pas. Je me suis borné à remarquer qu'Émilie et Stéphane avaient pu décider de prendre quelques jours de vacances sans l'en avertir, qu'en tout état de cause ils étaient majeurs et que je voyais mal de quel droit la police s'immiscerait dans leurs affaires. Voyez-vous, je commençais à soupçonner Brunet de vouloir coucher les deux amants dans le même procès-verbal pour corroborer leur liaison adultère. Je lui ai demandé ce qu'il redoutait au juste. Vous ne devinerez jamais ce qu'il m'a répondu : «J'ai peur qu'ils n'aient rencontré un loup.»

— Un loup? Mais personne n'en a signalé dans les Samorins depuis au moins cinquante ans!

— J'en ai déduit qu'il parlait d'une autre sorte de loup, d'un prédateur qui aurait suivi Émilie et Stéphane pour les tuer ou les capturer. Je sais : c'est tiré par les cheveux. Mais vous auriez dû voir son expression quand il a prononcé ces mots. Ses yeux se sont plissés, ses narines dilatées et ses lèvres, en s'étirant, ont brièvement laissé apparaître des canines aiguisées comme des silex. Vous me croyez fou? Vous avez sûrement raison. En tout cas, c'est à ce moment-là que j'ai acquis la conviction que Brunet avait enlevé sa femme. Logiquement, je devais alors le placer en garde à vue.

— Cela n'a pas dû être une décision facile à prendre?

— La plus difficile de ma carrière. J'en ai presque regretté l'absence de Charrignon.

— Il vous aurait conseillé de relâcher Brunet. Vous n'aviez aucun élément contre lui.

— Excepté mon intuition. Croyez-moi, j'ai scrupuleusement pesé le pour et le contre, le risque de garder un professeur d'université une nuit au poste contre celui de sceller le sort de deux innocents. Je n'ai pas hésité longtemps. Non, rétrospectivement, je n'ai qu'un regret, c'est d'avoir passé les bracelets à Brunet.

— Le règlement ne vous laissait aucune latitude sur ce point : sans collègue à vos côtés, vous étiez obligé de le menotter en lui notifiant sa garde à vue.

— Je sais bien. Je persiste cependant à penser que c'était une erreur. Brunet ne présentait aucun danger immédiat, au moins pour moi. À la seconde où il m'a tendu ses poignets, nos rapports ont changé : il est devenu la proie, et moi le chasseur.

— Quelque chose me dit pourtant qu'il ne s'est guère ému de la tournure que prenaient les événements.

— Pas le moins du monde. Il a dit qu'il comprenait, que je ne faisais que suivre les consignes. Puis il m'a rappelé de lui lire ses droits, ce qui m'a prodigieusement énervé. Non seulement je m'apprêtais à le faire mais, quand j'ai eu fini, il n'a même pas souhaité appeler son avocat. « Vous êtes sûr ? ai-je insisté. Je peux en commettre un d'office. — Ce ne sera pas nécessaire, a-t-il répondu. Je préfère rester en tête à tête avec vous. » Toujours ces sous-entendus malsains... J'ai repris l'interrogatoire à zéro, en exigeant cette fois des réponses détaillées. Émilie avait levé le camp la veille à 6 heures et quart. Brunet affirmait n'avoir pas quitté les Hêtres de la journée. Il avait répondu à son courrier (« vous n'avez pas idée des monceaux que j'en reçois »), écrit un putain d'article pour une revue spécialisée et joué aux échecs avec un gus en Hongrie.

— En Bulgarie, ai-je corrigé. Rien d'autre ?

— Non. Ah si, en fin d'après-midi, il est allé se promener avec son chien — sans rencontrer personne naturellement — et le soir, il a regardé un film à la télé, un polar. Je lui ai demandé de m'en raconter l'intrigue. Mal m'en a pris : j'ai eu droit au dialogue intégral de la scène d'ouverture.

— Il n'a pas mentionné son coup de fil à la galerie Adrien ?

— Si, bien sûr. Nous avons passé un bon moment là-dessus. Comme je lui disais que je n'avais jamais vu quelqu'un se décommander pour un vernissage, il a mielleusement laissé entendre que je venais d'un milieu un peu fruste.

— Il a vraiment employé le terme « fruste » ? C'est incroyablement blessant.

Vega a longuement réfléchi.

— Je ne saurais le jurer. Avec le recul, j'ai un peu de mal à faire la part entre ce qu'il disait et ce que je croyais lire dans ses yeux.

— C'est embêtant pour un interrogateur, n'ai-je pu m'empêcher de remarquer.

— Il jaspinait tellement, aussi. Entre les exploits de son clébard, les dialogues de cinéma et ses cours de bonnes manières, je ne m'entendais même plus penser.

— C'est pour ça que vous l'avez frappé ? Pour qu'il se taise ?

— Non, pour qu'il me dise ce que j'avais envie d'entendre. Autour de minuit, il s'est mis à montrer des signes de fatigue. Son boniment s'effilochait, il bâillait à s'en décrocher la mâchoire. J'ai redoublé de vigilance. Peu après, je l'ai pris au piège. Brunet décrivait pour la dixième fois les vêtements d'Émilie, quand je lui ai demandé à brûle-pourpoint comment était habillé Roget. Il m'a répondu qu'il portait un short kaki et un coupe-vent rouge. Réalisant qu'il avait commis une erreur, il a tenté — assez adroitement, je dois dire — de se rattraper aux branches. Il a prétendu que Roget était vêtu ainsi la dernière fois qu'il avait ramené Émilie aux Hêtres et qu'un tel pedzouille ne possédait sans doute pas plus d'une tenue de randonnée.

— C'était en effet habile de sa part, ai-je admis tout en pensant que Brunet ne serait jamais tombé dans un traquenard si grossier.

— Je me suis engouffré dans la brèche. J'ai dit à Brunet que j'avais désormais la preuve qu'il avait vu Roget la veille. «On ne pourrait pas reprendre cette discussion demain matin? a-t-il demandé. J'ai besoin de dormir un peu. — Plus tard, j'ai répondu. On va d'abord récapituler les faits. À quelle heure Émilie a-t-elle quitté le domicile conjugal?» Il n'a pas moufté. Il paraissait assoupi. Je me suis approché, croyant qu'il jouait la comédie. Mais non, il s'était vraiment endormi. Alors je lui ai allongé une légère claque pour le réveiller. Il a sursauté si fort qu'il en est tombé de sa chaise.

— Vous êtes sûr que vous n'aviez pas eu la main un peu lourde?

— Certain. Ce n'était qu'une petite gifle, à peine une chiquenaude. Aussi bien, je lui ai présenté mes excuses. Il s'est dépêché de les accepter en regrimpant sur sa chaise avec un air paniqué. Le spectre de la bavure flottait à nouveau dans la pièce. «Quel culot! ai-je pensé. Je me retiens pour ne pas lui défoncer le crâne à coups de machine à écrire et lui me fait un flan pour une tapette de rien du tout.»

Vous voyez que je ne vous cache rien... J'ai repris l'interrogatoire, en instaurant une nouvelle règle : à partir de maintenant, je ne me contenterais plus des grandes lignes, je voulais connaître tous les détails, la moindre broutille.

— Ça n'a pas dû accélérer les choses...

— En effet. Car Brunet est doté d'une mémoire stupéfiante. Il se souvenait de chaque lettre qu'il avait écrite la veille, de chaque piste qu'avait reniflée son foutu cabot. Nous avancions très lentement, comme à travers des archives bourrées à craquer. J'étais extraordinairement lucide. Brunet, de son côté, luttait contre le sommeil. Régulièrement, son menton s'affaissait sur sa poitrine et il se redressait brusquement en clignant des yeux, comme s'il craignait que je ne profite de sa moindre défaillance pour le frapper à nouveau.

— Entre nous, vous y pensiez?

— Je ne pensais qu'à ça. Ce salopard reconstituait coup par coup sa partie d'échecs avec son Bulgare, pendant qu'Émilie croupissait peut-être dans un cul-de-basse-fosse.

— D'où tiriez-vous la certitude qu'il la retenait prisonnière?

— Je le savais. Ne me demandez pas comment, mais je le savais. Roget, lui, était mort. Et j'étais même prêt à parier qu'il avait beaucoup souffert. D'ailleurs, Brunet l'a reconnu quelques minutes plus tard.

— Attendez. Vous dites qu'il a avoué le meurtre de Roget? Avant ou après que vous l'avez...

— Torturé? Avant. Sur le coup des 3 heures du

matin, j'ai changé de tactique. J'ai demandé à Brunet de but en blanc s'il avait tué Roget. Il a dit oui.

— Comme ça? Sans réfléchir?

— C'est sorti tout seul. J'ai voulu pousser mon avantage. «Et Émilie, vous l'avez tuée elle aussi? — Non. — Vous l'avez enlevée? — Non. — Vous savez où elle se trouve? — Non.» J'ai décidé de me concentrer provisoirement sur Roget. «Vous l'avez abattu? — Non. — Vous l'avez poignardé? — Non.»

— Pourquoi ne pas lui demander directement comment il l'avait tué?

— Il disait qu'il était fatigué, qu'à partir de maintenant il ne répondrait plus à mes questions que par oui ou par non. Je ne voyais pas l'intérêt de le contrarier. Je finirais de toute façon par lui faire cracher ce qu'il savait. D'ailleurs, au début nous avons bien marché, et puis Brunet a commencé à se contredire...

— Par exemple?

— Il avait tué Roget mais ne l'avait pas vu de la journée. Il avait brûlé ses habits mais n'avait pas allumé de feu. J'ai d'abord mis ces revirements sur le compte de la gravité de sa faute. Je pensais qu'il était écartelé moralement, qu'une part de lui souhaitait avouer tandis que l'autre redoutait les conséquences de sa franchise. Bientôt, ses propos n'ont plus eu aucun sens : il disait blanc une minute et noir la suivante, sans la moindre explication. Dès que je mettais le doigt sur une de ses discordances, il me servait son refrain : «Posez-moi une question précise et je vous répondrai par oui ou par non.» J'en ai vite eu ma claque. C'est que je tapais la déposition au fur et à mesure, moi. Il était 3 heures et demie, des pages et des pages sans queue ni tête s'accumulaient sur mon bureau et j'étais à peine plus avancé qu'au début de la soirée. À l'absurdité suivante, j'ai décidé de tirer la situation au clair. «Écoutez, Brunet, tout à l'heure, Émilie portait un chandail bleu. Maintenant, vous prétendez qu'il est vert. Il faut vous décider.» J'ai retrouvé la page correspondant à la première version et la lui ai agitée sous les yeux. «Là, vous voyez? *Émilie a quitté les Hêtres vers 6 heures et quart. Elle portait un short beige, un chandail bleu et des chaussures de randonnée.* Maintenant, lisez à voix haute ce que je viens d'écrire.» J'ai tourné la machine vers lui et je me suis levé pour me dégourdir les jambes. Il a déchiffré d'une voix somnolente : *Émilie portait-elle un chandail bleu? Non. Portait-elle un chandail rouge? Non. Portait-elle un chandail vert? Oui.* En passant dans son dos, je l'ai apostrophé : «À quoi ça rime tout ça? — À rien, il a répondu sans se retourner. Vous écrivez tout ce qui vous passe par la tête.» C'est la goutte d'eau qui a fait déborder le vase. J'ai vu sa nuque dans l'axe de la machine à écrire et je n'ai pas pu me retenir. J'ai enfoui ma main dans sa tignasse et je lui ai fracassé la caboche contre le clavier, exactement comme je me l'étais imaginé. Il y a eu un grand «crac» et Brunet s'est effondré sous le bureau.

Vega a frissonné.

— Il gémissait mais il n'avait pas perdu connaissance. Il pissait un sang pas possible. À première vue, il avait l'arcade sourcilière ouverte, le nez cassé, peut-être une ou deux dents aussi. Eh bien, le plus dégueulasse dans toute cette histoire, c'est qu'en glissant ma tête sous son bras pour le hisser sur sa chaise, je réfléchissais déjà à d'autres moyens de le faire parler. À ce stade, je ne pouvais plus revenir en arrière. Appeler une ambulance, c'était reconnaître que j'avais foutu ma carrière en l'air pour rien. Tandis que si je continuais, j'avais encore une chance de lui arracher la vérité. J'avais cassé les œufs, autant préparer l'omelette.

— Qu'avez-vous découvert ?

— Qu'il les avait suivis dans les Samorins avec sa voiture. Qu'il avait écrabouillé le crâne de Roget avec une pierre, avant de jeter son corps dans une crevasse. Qu'il avait drogué Émilie, l'avait ramenée aux Hêtres et projetait de la faire périr à petit feu.

— A-t-il fourni des preuves de ce qu'il avançait ? A-t-il indiqué par exemple où il avait caché la voiture d'Émilie ?

— Non. Je n'ai pourtant pas ménagé mes efforts pour lui extorquer des faits. J'ai cogné son visage avec tout ce qui me passait sous la main, le téléphone, la lampe, l'annuaire et j'en passe. Je l'ai roué de coups de pied dans les côtes et de coups de genou dans les couilles. J'ai piétiné ses doigts, éteint mes cigarettes sur ses bras. Il a émis toutes sortes de sons mais aucun mot autre que « oui » ou « non » n'a franchi ses lèvres.

— Et pendant ce temps, vous continuiez à taper sa déposition ?

— Oui. Gisquet en a fait un feu de joie en débarquant au commissariat le matin. « S'il n'y a pas de rapport, ça n'est jamais arrivé», qu'il a dit. J'ai regardé les aveux de Brunet partir en fumée, menotté au radiateur.

— Un tribunal ne les aurait jamais admis comme pièce à conviction.

— N'empêche, ils étaient la seule chose que j'aurais pu montrer à ma fille quand elle aura l'âge de comprendre pourquoi son père a quitté la police. J'ai tout perdu dans cette affaire, tout : mon travail, ma famille, ma propre estime. Ma femme demande le divorce. Je n'ai aucune chance d'obtenir la garde des enfants. «Pas après ce que vous avez fait, monsieur Vega», m'a dit mon avocat. Je n'ose plus me regarder dans une glace, par peur de ce que je lirais dans mes yeux. Je vous supplie de me croire, Dunot : j'abomine la torture et ceux qui y recourent. Je suis entré dans la police pour servir la loi, sans laquelle aucune dignité humaine n'est concevable. Je n'ai jamais pensé que mon insigne me donnait des droits ; au contraire, il ne me crée que des devoirs. Cette nuit-là, j'ai failli à tous mes engagements. J'ai trahi Émilie Brunet, mes supérieurs, mes collègues. Encore aujourd'hui, je suis incapable d'expliquer ce qui m'est arrivé. J'ai été brièvement un autre, le mauvais Victor Vega. Je ne me cherche aucune excuse, n'implore aucune indulgence. Mes regrets sont sincères, ma contrition totale, et pourtant la honte que je ressentirai la semaine prochaine devant mes juges n'est rien comparée à celle que j'éprouve quand j'ose m'avouer qu'au fond de moi, je suis convaincu que Brunet m'a poussé à le torturer.

171

De retour de ma promenade avec Hastings, je m'apprêtais, dans un souci d'économie, à obscurcir le plaidoyer final de Vega qui n'apporte objectivement rien à l'enquête. À la réflexion, je ne puis m'y résoudre. Sans ce dernier paragraphe, je risquerais de croire demain que Vega est un bourreau. Or il ne fait aucun doute pour moi qu'il est victime du machiavélisme de Brunet et mérite d'être réhabilité. Je voulais le dire et tant pis pour la longueur de mon texte.

Vendredi 19 mai

Rendu visite à Brunet à Riancourt. ~~Il a aménagé un petit salon dans un coin de sa chambre. On se croirait dans un hôtel de luxe : service en porcelaine, vases débordant de fleurs, romans d'Agatha entassés sur la table basse.~~ Je suis arrivé alors qu'il finissait de lire le récit de mon entretien avec Vega.

— Remarquable compte rendu, monsieur Dunot. Je ne saurais bien entendu me porter garant de sa fidélité, mais il est facile d'imaginer que les choses ont pu se passer comme vous les décrivez. Et quel portrait poignant vous brossez de Vega! Pour quelqu'un qui prétend n'être pas écrivain, je vous assure que vous vous en sortez plus qu'honorablement.

— Laissez tomber les salamalecs, Brunet. Qu'est-ce que c'est que cette histoire de loup?

— Un regrettable malentendu. J'avais lu dans un magazine que des associations écologistes projetaient de réimplanter des loups dans les Samorins; l'un d'eux aurait pu croiser la route d'Émilie. Vous avouerez tout de même que la réaction de Vega était un peu disproportionnée. (Exhibant ses canines :) Je vous prends à témoin : ai-je des crocs de loup?

— Et vos réponses contradictoires? Un malentendu aussi?

— Je suis content que vous abordiez le sujet car je pense être en mesure d'éclairer votre lanterne. Voyez-vous, j'ai dû me lasser à la longue de répéter toujours la même chose. L'inspecteur Vega se défiait ostensiblement de moi. Rien de ce que j'aurais pu dire ne l'aurait convaincu de ma sincérité. Si j'en crois votre retranscription, il semblerait que je me sois alors livré à ses dépens à un petit jeu de devinette bien connu des habitués des congrès de psychiatrie. Le principe est très simple : il consiste à traiter chaque question sur la base d'un algorithme binaire, en répondant «oui» si la phrase se termine par une consonne et «non» si elle se finit par une voyelle. Évidemment, le résultat manque parfois de cohérence. «Est-ce un être humain? — Oui. — Est-ce un homme? — Non. — C'est donc une femme? — Non.» Au bout d'un moment, l'interrogateur tourne en rond, s'énerve et se met à inventer sa propre histoire, comme l'inspecteur Vega. «Avez-vous tué Émilie? — Non. — Avez-vous tué Roget? — Oui. — L'avez-vous poignardé? — Non. — Lui avez-vous fracassé la tête avec un rocher? — Oui. — Ça vous excitait le voir souffrir? — Oui.» Vous voyez le genre?

Je vois surtout que nous sommes dans l'impasse. L'absence de faits (pas de corps, pas de témoins, pas d'indices) nous conduit à échafauder nos propres scénarios. L'histoire du crâne écrabouillé de Roget en dit long sur les démons de Vega, sans rien m'apprendre de ce qui se passe dans la tête de Brunet.

Mais bon sang, d'où va jaillir la lumière ?

Samedi 20 mai

D'Agatha bien sûr !

Henri a appelé ce matin alors que j'approchais de la fin de ma lecture.

— Grande nouvelle ! Nous avons localisé la voiture d'Émilie près de Lompenas. Elle était à moitié enfouie dans une haie, trois cents mètres à l'écart de la route des Éparres, au bord d'une carrière de craie.

J'ai sursauté. Se pourrait-il...

— La batterie était vide, n'est-ce pas ?

— Mais oui, comment le sais-tu ?

— Et, laisse-moi deviner, vous avez trouvé à bord le permis de conduire d'Émilie, un manteau de fourrure et une valise d'effets personnels ?

— C'est presque ça, a répondu Henri, ébahi. Son permis, une veste fourrée et un sac à dos. Serais-tu devin ?

— Historien, plutôt. Figure-toi qu'en décembre 1926, Agatha Christie a quitté la résidence conjugale au volant de sa petite Morris Cowley. Le lendemain, on a retrouvé sa voiture près d'une carrière de craie, avec les objets que je viens de te décrire à son bord.

— Où était Agatha?

— Disparue. Le feuilleton des recherches a tenu l'Angleterre en haleine. Il faut dire qu'Agatha jouissait déjà d'une certaine notoriété à l'époque, elle avait publié *Le meurtre de Roger Ackroyd* quelques mois plus tôt. Les journaux ont promis des récompenses. La police a organisé des battues monstres — certaines ont réuni jusqu'à dix mille volontaires — et dragué les étangs alentour.

~~(Je n'ai pas jugé utile de révéler à Henri que l'une de ces mares, baptisée «The Silent Pool», a la réputation d'exercer une attraction irrésistible sur ceux qui s'en approchent.)~~

— On a fini par la retrouver dix jours plus tard dans un hôtel de luxe d'Harrogate, une station thermale du Yorkshire où elle avait pris ses quartiers.

— Qu'est-ce qu'elle fichait là?

— Elle a prétendu souffrir d'amnésie. Naturellement, personne ne l'a crue. Dans l'intervalle, la presse avait découvert qu'elle ne supportait plus les infidélités de son mari, Archie. On a supposé qu'elle avait voulu lui donner une leçon, mais à vrai dire le mystère reste entier.

— Bon, c'est bien joli tout ça, mais je ne vois pas à quoi ça nous avance.

— C'est pourtant évident. Fais le tour des hôtels de stations thermales.

— Enfin, Achille, ce n'est pas une romancière morte depuis je ne sais combien d'années qui va me dicter comment je dois mener mon enquête!

Qu'est-ce qu'ils ont tous à douter d'Agatha! J'ai essayé de raisonner Henri :

— Tu n'as aucune autre piste. Mets quelques hommes sur le coup. Tu seras vite fixé.

— Bon, je vais voir, a-t-il bougonné. Je pars pour Lompenas inspecter la voiture. Tu veux que je passe te prendre ?

— ~~Non, j'ai rendez-vous avec Monique à l'hôpital Duchère~~. Et puis, je suis un analyste, pas un homme de terrain. Je laisse tes limiers scruter les traces de pneu et retourner les mottes de terre. S'ils font une prise, ils me la rapporteront.

*

Henri a rappelé depuis Lompenas alors que je sortais promener Hastings. Multiples empreintes d'Émilie, de Roget et de Brunet présentes sur le tableau de bord, ce qui ne prouve rien. Au vu des premiers éléments, il est probable que la voiture se trouve sur place depuis une bonne quinzaine de jours. Sol trop sec pour espérer relever des traces de pas aux abords du véhicule. L'enquête de proximité se poursuit. Henri paraissait un peu énervé :

— Nous avons appelé trois cent cinquante hôtels et chambres d'hôtes. Aucun n'a d'Émilie Brunet ou d'Émilie Roget sur ses registres.

— C'est normal, ai-je expliqué. Je me suis rappelé tantôt qu'Agatha ne s'était pas inscrite sous son nom, mais sous celui de Teresa Neele, originaire d'Afrique du Sud. Tu comprends, Archie la trompait avec une certaine Nancy Neele. Elle a usurpé l'identité de celle qui lui avait chipé son mari.

~~Soupir excédé au bout du fil.~~

— On aura tout entendu! Et donc, je suppose que tu suggères que nous rappelions les hôtels pour leur demander s'ils hébergent une certaine Émilie, Eugénie ou Teresa Laplace?

Tant qu'à faire, j'ai conseillé à Henri de se munir d'une liste complète des conquêtes de Brunet.

Dimanche 21 mai

Accablante sensation d'angoisse aujourd'hui à la lecture de mon dossier. Tout est parti d'une remarque de Monique. «Tu mets ton réveil de plus en plus tôt. Après le petit déjeuner, tu ne sors même plus Hastings. Tu disparais dans ton bureau et n'en émerges pas avant 2 ou 3 heures de l'après-midi.»

Feuilleté mon cahier avant de commencer. Mes pattes de mouche couvraient une centaine de pages. L'affaire d'une heure et demie de lecture, ai-je calculé à la grosse.

Les choses ont commencé à se gâter après l'exposé liminaire d'Henri. Tout prenait plus de temps que je ne l'avais imaginé. J'ai relu trois fois les explications de Brunet sur le dérèglement de mon hippocampe. «C'est normal, ai-je pensé, je suis tout de même concerné au premier chef.» Je n'avais pas prévu en revanche que mes biffures me laisseraient si perplexe. Déjà 9 heures. Redoublé d'attention dans le récit de l'entretien avec Mlle Landor, conscient que chaque anecdote de la gouvernante révélait un aspect crucial de la personnalité d'Émilie. Mon compte rendu faisait curieusement l'impasse sur certaines questions qui paraissaient pourtant pertinentes. Avais-je oublié de les poser ou tout simplement jugé les réponses indignes d'être retranscrites? La seconde solution était probablement la bonne, sinon j'aurais rappelé Mlle Landor le lendemain. Mais comment savoir si les choses ne s'étaient pas justement déroulées ainsi? Peut-être allais-je découvrir plus loin que j'étais retourné aux Hêtres armé d'une liste de questions complémentaires. J'ai sauté quelques pages afin d'en avoir le cœur net. J'avais effectivement sollicité à nouveau les lumières de Mlle Landor, mais sur deux points seulement (les découchages de Brunet et un certain appartement rue de Leipzig), dont j'ignorais encore tout à ce stade de ma lecture. Il ne servait manifestement à rien d'aller plus vite que la musique, et pourtant je continuais à lutter contre la tentation de gribouiller des notes dans les marges.

10 heures ont sonné alors que j'achevais péniblement le récit du déjeuner avec Marie Arnheim. Me suis longuement interrogé sur les raisons qui m'avaient poussé à comparer cette délicieuse créature à une meurtrière sans foi ni loi, pour réaliser en tournant la page que j'avais déjà exprimé mon désarroi le 9 mai en des termes quasi identiques. J'ai alors pris la résolution de ne plus m'interrompre, d'avaler le reste du cahier d'une seule traite comme le recommandait le vieux Kempelen. Par malheur, je suis passé, dans mon élan, un peu vite sur l'entretien avec Me Deshoulières : me suis rendu compte trois pages plus loin que j'ignorais si Brunet avait besoin que la police retrouve le corps d'Émilie

pour hériter de sa fortune. Revenu en arrière en me maudissant : «Je n'en suis qu'à la moitié. À ce rythme, j'aurai à peine le temps de mettre le nez dehors.»

Loin de me procurer un supplément de motivation, ce constat n'a réussi qu'à m'oppresser davantage. J'avais l'impression d'être engagé dans une course de handicap diabolique, dont les règles alambiquées semblaient avoir été conçues pour ne me laisser aucune chance. Alors même que je relevais de blessure, je devais disputer les qualifications — finir mon manuscrit à une heure décente — avec des semelles de plomb, pour espérer rejoindre en finale un Brunet au summum de sa forme. Ma détresse s'aggravait d'une contradiction apparemment insurmontable. Plus je me remettrais en mémoire ce que j'avais réuni sur mon adversaire et moins il me resterait de temps pour le rencontrer et en apprendre davantage. Savoir ou agir : les termes du dilemme n'avaient jamais été si clairement posés. Devais-je balancer mon journal pour consacrer la poignée d'heures qui me restaient avant la nuit à une nouvelle démarche, au risque qu'elle se révèle inutile, voire contre-productive ? Ou m'enfoncer encore un peu plus profondément dans mon texte à la recherche d'une sagesse qui s'évanouirait à l'instant où je me glisserais sous les draps ?

La vérité était-elle à l'intérieur ou à l'extérieur du cahier ?

Ça n'en finissait pas. Les pages se succédaient, toujours plus touffues. Car chaque phrase modifiait désormais le sens de toutes les autres, chaque référence à un personnage renfermait désormais toutes les informations disponibles sur lui. Émilie n'était plus un nom de six lettres et trois syllabes qu'on lit en un battement de paupières. Elle était «Émilie qui avait perdu ses parents à vingt ans et aurait tellement voulu entrer dans la tête de Claude et pleurait à chaudes larmes dans un amphithéâtre et avait bu dans le verre de Stéphane Roget et avait quitté les Hêtres vêtue d'un chandail bleu», et il fallait bien plusieurs secondes chaque fois pour absorber tous ces renseignements. Mon esprit abruti de fatigue enregistrait machinalement de sidérantes coïncidences : il y avait désormais autant d'hommes affectés à l'enquête que de chiens dans un équipage de chasse à courre. La police avait autant de chances d'arrêter un assassin qu'un animal d'échapper à ses poursuivants.

Entre les halètements de Hastings, le vrombissement de la circulation et le tic-tac inexorable de la pendule, j'avais de plus en plus de mal à me concentrer sur mon manuscrit. Monique passait à intervalles réguliers la tête dans l'encadrement de la porte. «Achille, le déjeuner est prêt.» «Achille, le gigot est brûlé.» «Achille, je t'ai laissé une assiette au réfrigérateur.» Comment lui dire que j'avais l'estomac noué par une indigestion textuelle carabinée? Que j'avais envie de vomir ma prose, de dégobiller des paragraphes? J'avançais à présent mot par mot, en m'encourageant à voix haute. «Tiens bon, Achille, plus que dix mots jusqu'à la fin de la phrase. Trois phrases après celle-là et tu pourras tourner la page.»

J'ai failli tourner de l'œil en découvrant le marché que j'avais passé avec Brunet. «Le fumier, ai-je pensé. Il va m'ensevelir sous les mots. » Il n'est dit-on mort plus atroce que celle de l'homme qui, allongé dans une tombe, voit le fossoyeur s'emparer de sa pelle. La première volée de terre s'abat en rafale sur son ventre, la deuxième constelle ses épaules. Il sent l'odeur de l'humus lui chatouiller les narines. La bordée suivante le touche à la tête. Il hurle de panique, une motte se coince dans sa gorge, il suffoque, se couvre le visage avec un bras, lève l'autre dans une tentative dérisoire d'attendrir son bourreau. D'endiguer l'avalanche. Le terreau s'amoncelle sur lui en monticules inégaux, chaque pelletée plus lourde et plus couvrante que la précédente. Bientôt, il disparaît tout à fait.

Voilà ce qui m'attend. À être enterré sous le poids de mes propres mots. À vivre comme un zombie, condamné à rester à l'intérieur pour savoir ce qui arrive à l'extérieur, à gagner le jour le droit de sortir la nuit.

J'ignore pourquoi j'écris tout ça.

Mardi 23 mai

Journée blanche hier. Monique affirme qu'avant d'aller me coucher dimanche, je lui avais demandé de ne pas mentionner l'existence du cahier pendant vingt-quatre heures. Je peux comprendre au vu de la dernière entrée pourquoi j'ai jugé bon de m'accorder une trêve. Même reposé, il m'a fallu plus de six heures pour venir à bout de mon texte.

Henri a appelé peu après, très irrité. «Tes élucubrations coûtent cher au contribuable : un millier d'heures supplémentaires pour être précis. C'est le temps qu'il nous a fallu pour vérifier qu'aucun établissement n'hébergeait de pensionnaire portant le nom d'une des cinquante et quelques maîtresses de Brunet.» J'ai tenté de le convaincre d'élargir les recherches à tous les hôtels du pays. Il a sèchement refusé. Tant pis pour lui.

J'ai résolu de m'attaquer à la tare endémique de ce journal en raturant (~~raturant~~) impitoyablement les passages dont je pense pouvoir faire l'économie. Il ne s'agira pas de rayer un ou deux mots par-ci, par-là — ce serait dérisoire et n'accélérerait pas sensi-

185

blement la lecture — mais bien des paragraphes, voire des pages entières. Contrairement au pâté (■■■), dont le caractère irréversible est source de frustration, la rature qui occulte provisoirement sans insulter l'avenir me semble un compromis intéressant.

(Je m'interdis par principe de raturer le moindre passage concernant Agatha, Monique ou Hastings, les trois amours de ma vie.)

*

Bizarre comme j'ai finalement rayé peu de choses. L'exercice s'est révélé infiniment plus délicat que je ne m'y attendais. Je ne sais plus qui a dit que dans un roman policier, chaque mot compte : même ceux qui n'ont pas d'importance pourraient en avoir, ce qui au fond revient au même. À l'aune de ce principe, j'ai épluché mon texte avec une circonspection scrupuleuse, en redoublant de vigilance dans les passages qui, au premier abord, le méritaient le moins. Rien n'aiguisait davantage ma curiosité qu'un cliché ou un dialogue insipide. Plus une phrase me paraissait anodine, plus je la soupçonnais de receler un sens caché. Des doutes affreux m'assaillaient chaque fois que je saisissais mon double-décimètre : ce paragraphe en apparence superflu n'assurait-il pas en fait à lui seul la cohérence de mon texte ? Ne risquais-je pas de causer autant de dégâts en l'oblitérant qu'un charpentier en abattant par mégarde la poutre maîtresse de son édifice ? Car, enfin, il n'avait pas trouvé son chemin dans mon cahier par hasard. Ses mots, en leur temps, avaient répandu un peu de lumière sur cette affaire. S'ils avaient provisoirement perdu de leur éclat, qui pouvait jurer qu'ils ne resplendiraient pas à nouveau un jour de mille feux?

Mercredi 24 mai

Je me fais violence pour reproduire la dernière entrée du journal de Brunet.

Cher Achille,

Je poursuis mon exploration de l'œuvre d'Agatha Christie. Vous serez sans doute étonné d'apprendre que je commence à partager votre enthousiasme. Le meurtre de Roger Ackroyd *mérite sans conteste sa place au panthéon de la littérature policière. Quelle idée magnifique : faire du narrateur du récit le double assassin de Mme Ferrars et de Roger Ackroyd ! On ne soupçonne pas un instant ce brave docteur Sheppard, comme si le rôle de chroniqueur qu'il endosse obligeamment en l'absence de Hastings le plaçait tout à la fois au cœur et en marge de l'enquête, au point que quand le livre se termine, on n'a qu'une envie, c'est de le recommencer !*

Et pourtant, au risque de vous décevoir, mon cher Achille, la façon dont Poirot conduit son investigation m'inspire de graves réserves.

D'abord, votre ami belge ne prend jamais au

sérieux l'hypothèse, pourtant privilégiée par la police, de la culpabilité de Ralph Paton. Il faut dire que les apparences se liguent contre le fils adoptif d'Ackroyd : criblé de dettes, il hérite de la fortune du défunt ; bien qu'il nie avec véhémence être entré dans le bureau de son père, on a retrouvé ses empreintes de pas sous les fenêtres ; enfin, il s'est mystérieusement évanoui dans la nature après le meurtre. Aucun de ces éléments — dont chacun pourrait constituer à lui seul un motif d'inculpation suffisant — n'émeut Poirot, qui commente avec bonhomie : « Au fond, nous avons le choix entre trois mobiles différents : le chantage, la colère, l'argent. Trois mobiles... C'est presque trop. Je suis enclin à croire qu'après tout Ralph Paton est innocent. »

Ce curieux raisonnement (Poirot n'écarte pas Paton de la liste des suspects au motif que celui-ci ne possède aucun mobile, mais au contraire parce qu'il en a trop !) m'a rappelé la remarque que vous adressez à Henri Gisquet dans les premières pages de votre journal : « Il n'existe jamais qu'un seul suspect, ou alors c'est la preuve que quelqu'un essaie de lui faire porter le chapeau. » Vous comprendrez qu'à ce compte, je demande à être exonéré des soupçons qui pèsent sur moi. N'ai-je pas en effet le douteux privilège d'être votre seul suspect et de posséder trois excellentes raisons de tuer Émilie (l'argent, la jalousie et la satisfaction d'avoir commis le crime parfait) ?

De tels paradoxes ne devraient toutefois pas nous surprendre de la part d'un enquêteur si profondément pénétré du sentiment de son infaillibilité. Car c'est peu dire que le doute n'a guère de prise sur Poirot. Son assurance confine au délire. «Moi, je sais tout : n'oubliez pas cela», déclare-t-il quand Raymond suggère en plaisantant qu'il connaît la cachette de Paton. Au domestique Parker qui se défend d'être un maître chanteur, il oppose un définitif : «Inutile de nier. Hercule Poirot sait.» Et lorsque Sheppard, qui s'interroge sur les raisons de la visite de Charles Kent à Fernly, se risque à demander à Poirot ce qu'il en pense, ce dernier répond : «Mon ami, je ne pense pas. Je sais.» N'est-ce pas pourtant la marque des grands détectives de se méfier de tout, à commencer par eux-mêmes? D'explorer toutes les pistes sans idée préconçue, en accordant à chacune une attention égale? Franchement, je doute que Dupin eût pu entrevoir l'extravagante solution du double assassinat de la rue Morgue si Poe l'avait bardé d'autant de certitudes.

À la fin du roman, Poirot réunit l'ensemble des suspects pour un de ces numéros d'esbroufe dont il a le secret. Il commence par disculper formellement Ralph Paton (dont on découvre qu'il s'était fait admettre dans un hôpital psychiatrique le temps que l'affaire se tasse) puis lance à la cantonade : «Je sais que le meurtrier de M. Ackroyd est en ce moment dans la pièce et c'est à lui que je m'adresse. Demain, l'inspecteur Raglan apprendra la vérité.» L'assistance stupéfaite se disperse. Poirot, qui a fait signe à Sheppard de rester, soumet alors ce dernier à une séance d'inquisition en règle. «C'est vous qui avez tué Ackroyd, assène-t-il avec un

aplomb ahurissant. Il avait découvert que vous fai-
siez chanter Mme Ferrars et s'apprêtait à vous
livrer à la police. » Le malheureux Sheppard pro-
teste de son innocence et rappelle qu'il dispose d'un
alibi à toute épreuve : quand il a quitté Ackroyd peu
avant 21 heures, celui-ci était encore vivant, comme
peut en témoigner Parker qui a distinctement entendu
la voix de son maître vers 21 h 30. Poirot taille cet
argument en pièces : la voix qu'a entendue Parker
provenait d'un dictaphone que Sheppard avait dis-
simulé derrière un fauteuil et programmé pour se
déclencher en son absence.

Entendons-nous bien : je ne prétends nullement
que Sheppard n'a jamais eu l'intention de supprimer Ackroyd. J'ai toutefois lu à présent suffisamment de romans d'Agatha pour savoir que son
œuvre est traversée par l'idée que nous sommes
tous des meurtriers en puissance. Paton, Raymond
ou Parker n'avaient pas moins de raisons que Sheppard de souhaiter la mort d'un Ackroyd qui, soit dit
en passant, semble avoir bien mérité son sort. Non,
ce qui me stupéfie, c'est que le meilleur détective du
monde — pour reprendre votre expression — puisse
se satisfaire d'une théorie aussi abracadabrante
que cette histoire de dictaphone. « Vous me semblez
très fertile en suggestions », note à un moment
Sheppard. Et de fait, à qui fera-t-on croire qu'un
médecin de campagne anglais savait fabriquer un
mécanisme miniaturisé de déclenchement à distance en 1926 ? Si encore on avait retrouvé le dictaphone sous le matelas de Sheppard... Mais Poirot
ne se préoccupe jamais de mettre la main sur ce qui

constituerait pourtant la pièce à conviction idéale. Je suppose que les gens qui savent n'ont pas besoin de corroboration...

Vous avez par ailleurs sûrement noté qu'au contraire des autres meurtriers des romans d'Agatha qui, sitôt interpellés, se répandent en confessions volubiles, *Sheppard n'avoue pas*. « Tout ceci est très intéressant, déclare-t-il, mais ne nous mène nulle part. — Vous croyez ? rétorque Poirot. Rappelez-vous ce que j'ai dit : l'inspecteur Raglan saura la vérité demain matin. Toutefois, par amitié pour votre excellente sœur, je veux bien vous laisser une autre issue. Une trop forte dose de somnifères, par exemple. Vous saisissez ? »

Et vous, mon cher Achille, saisissez-vous quel drame se dessine sous nos yeux ? Un détective retraité de la police belge qui n'est investi d'aucun pouvoir officiel accuse sans preuve un citoyen britannique et le pousse au suicide, soi-disant pour lui épargner le déshonneur mais en réalité parce qu'il sait qu'au vu d'une enquête si bâclée, un tribunal conclurait fatalement au non-lieu.

J'espère que vous partagez ma consternation devant un si flagrant déni de justice.

P-S : Je ne prétendrai certes pas avoir démasqué Sheppard. Un détail pourtant aurait dû me mettre la puce à l'oreille : au contraire de Hastings ou du docteur Watson, Sheppard rédige son récit au fur et à mesure des événements. Qui serait assez fou pour écrire un roman policier en avançant à l'aveuglette ?

Je ne sais ce qui m'énerve le plus dans l'article de Brunet : son insupportable familiarité, qu'il ose mettre en cause l'intégrité intellectuelle et la rigueur policière de Poirot, ou qu'il prétende réhabiliter un criminel. Proclamer l'innocence de Sheppard revient à affirmer que l'assassin d'Ackroyd court toujours. C'est tout bonnement absurde.

*

Pas sorti aujourd'hui. Tout l'après-midi, j'ai scruté en vain les pages de ce cahier à la recherche des détectandes scripturaux que je suis presque certain d'y avoir enfouis. Après l'échec des algorithmes simples (comme celui consistant à remplacer chaque mot d'une entrée par celui qui le suit ou le précède dans le dictionnaire), j'ai recouru sans davantage de succès à des techniques plus sophistiquées (détection de coquilles intentionnelles, conglomération systématique de tous les groupes verbaux, etc.).

Quelque chose m'échappe. Si j'ai caché ces indices, je devrais être capable de les retrouver.

Dans le même ordre d'idées, je crains de m'être pitoyablement fourvoyé avec ces ratures. Mon esprit me presse de les ignorer mais mon œil ne peut s'empêcher de déchiffrer les mots qu'elles recouvrent. La maigre consolation que j'éprouve chaque fois en constatant que j'ai eu raison de rayer le passage concerné est loin de compenser le temps que m'aura coûté au total cette déplorable initiative.

Vendredi 26 mai

*

Je déchiffre péniblement, avant d'aller me coucher, mes notes de l'après-midi, prises en style télégraphique dans un souci de concision. Quatre heures plus tard, elles sont déjà quasiment illisibles. Je les recopie au propre, avant de les obscurcir. Encore une fausse bonne idée.

Journée funeste, à tous égards, écrivais-je.

Réalisé au terme de ma lecture cet après-midi que

ma dernière entrée remontait à mercredi. Demandé à Monique si je m'étais octroyé une journée de repos la veille. Elle m'a assuré qu'au contraire j'avais travaillé d'arrache-pied et qu'elle avait encore dîné en tête à tête avec Hastings. Son ton de reproche m'a jeté dans une fureur noire. Lui ai dit que je la soupçonnais d'avoir confisqué mon cahier par pur égoïsme et qu'elle devrait avoir honte d'invoquer Hastings à l'appui de son mensonge. Elle s'est mise à pleurer. Me suis barricadé dans mon bureau.

En ouvrant le cahier bien à plat à la page de la dernière entrée, remarqué de minuscules lambeaux de papier qui dépassaient de la reliure, attestant sans le moindre doute que plusieurs pages avaient été arrachées. N'exclus pas d'être l'auteur de cette amputation. Ma théorie : ayant enfin retrouvé les détectandes scripturaux, j'ai entrepris de les détailler par écrit avant de réaliser que je perdrais tout le bénéfice de mon travail en le partageant avec Brunet. J'ai alors dû arracher les pages qui recensaient mes trouvailles pour les garder par-devers moi. (Hypothèse pas entièrement satisfaisante puisqu'elle implique que j'aurais manqué à mon engagement de jouer franc-jeu avec Brunet, mais je suis incapable d'en concevoir une meilleure.)

Fouillé mon bureau de fond en comble : vide-poches, tiroirs, classeurs, bibliothèque. Arrivé à la conclusion que j'avais dû cacher les feuilles dans la corbeille. Évidemment, Monique l'avait vidée ce matin, juste avant le passage des éboueurs. Elle en a pris pour son matricule.

En plus, mon stylo fuit.

Samedi 27 mai

Situation embarrassante ce matin : Mlle Landor a appelé alors que je n'avais pas encore rencontré son nom dans ma lecture. Elle s'est montrée très vexée que je ne parvienne pas à la remettre. Pour éviter que ne se reproduise une telle mésaventure, j'ai dressé sur la couverture cartonnée en tête de mon récit une liste sommaire des protagonistes de l'affaire, semblable à celles qu'on trouve dans les romans d'Austin Freeman.

Mlle Landor s'est souvenue d'un détail qu'elle avait omis de me signaler lors de notre entrevue. En rentrant du cinéma le jour de la disparition, elle avait trouvé, glissée sous la porte de sa chambre, une lettre de son employeuse. Ayant repéré plusieurs toiles dans le catalogue d'une prochaine vente aux enchères, Émilie lui demandait de passer à l'étude du commissaire-priseur pour récolter des renseignements supplémentaires sur l'un des artistes. Mlle Landor avait jugé la lettre tellement banale qu'elle avait négligé de la transmettre à la police. Souhaitais-je en recevoir une copie ? J'ai répondu que ce ne serait pas nécessaire, le contenu de la lettre important moins que son existence.

Je ne suis pas fier de moi. Comment ai-je pu oublier qu'avant de disparaître, Agatha avait rédigé trois lettres ?

Dans la première, Agatha priait sa gouvernante Charlotte d'annuler des chambres d'hôtel réservées pour le samedi suivant.

La deuxième était destinée à son mari, qui passait le week-end chez des amis avec sa maîtresse. En apprenant qu'Agatha avait disparu, le volage Archie était rentré précipitamment au bercail et avait brûlé la note de son épouse sitôt après en avoir pris connaissance. Il tenta — sans succès — de convaincre Charlotte d'en taire l'existence à la police et refusa jusqu'à sa mort d'en divulguer le contenu.

Dans la troisième lettre, adressée à Campbell, le frère d'Archie, Agatha expliquait qu'elle partait se reposer quelques jours dans un établissement thermal du Yorkshire. Elle avait posté la missive le jour de sa disparition (un vendredi), en prenant soin de l'expédier à l'adresse professionnelle de son beau-frère, calculant sans doute qu'elle ne lui parviendrait pas avant le lundi suivant. Ce qu'Agatha n'avait pas prévu, c'est que Campbell se rendrait à son bureau le samedi matin. Il trouva la lettre mais la parcourut si machinalement qu'il se montra par la suite incapable de se rappeler ce qu'elle contenait. Sans doute les mots n'avaient-ils pas réussi à se frayer un chemin jusqu'à son hippocampe.

Au bout du compte, Agatha avait passé dix jours à Harrogate quand les indications qu'elle avait laissées à son beau-frère auraient dû permettre de la localiser en moins de quarante-huit heures. Bien qu'il ne fasse guère de doute aujourd'hui qu'elle avait orchestré sa disparition, ses mobiles restent encore largement mystérieux. Voulait-elle simplement saboter le week-end d'Archie ou poursuivait-elle un dessein plus élaboré? D'aucuns prétendent qu'en s'inscrivant à l'hôtel sous le nom de Neele, Agatha avait à jamais compromis sa rivale. En effet, quand bien même le divorce était monnaie courante en Angleterre au début du siècle dernier, les convenances interdisaient à un gentleman d'épouser en secondes noces celle avec qui il avait ouvertement trompé sa première épouse. Cette explication digne de Miss Marple m'a toujours paru plus satisfaisante que la thèse du coup publicitaire avancée par les journaux à l'époque. Je n'ignore pas que la fugue d'Agatha s'est traduite par une inflation substantielle de ses tirages mais, au vu des critiques élogieuses ayant entouré la parution du *Meurtre de Roger Ackroyd*, il est raisonnable de supposer que la rencontre de la romancière avec le grand public ne se serait de toute façon pas fait attendre beaucoup plus longtemps.

Bien. Je sais à présent qu'Émilie a pris du champ pour forcer Brunet à se résoudre au divorce. Elle a dû au préalable rédiger trois lettres.

Mlle Landor a reçu la première, qui ne présente qu'un intérêt domestique.

Brunet a brûlé la seconde et prétendra de toute façon ne pas se souvenir l'avoir reçue.

Quant à la troisième, qui contient à coup sûr

l'adresse de la retraite d'Émilie, je suis convaincu qu'elle traîne en ce moment même sur le bureau du frère de Brunet.

*

Je rentre à l'instant du bureau de l'état civil. Terrible déconvenue : Brunet est enfant unique.

Dimanche 28 mai

Cher Achille,

J'admire les efforts que vous déployez pour trouver des détectandes scripturaux dans votre prose mais, tout à fait entre nous, je crains que vous ne fassiez fausse route.

Relisez la conversation qui ouvre votre journal. Je vous cite : « Voilà ce que j'aime dans les romans d'Agatha : la vérité s'y étale au grand jour et pourtant, seul Poirot — et ton serviteur — la reconnaît. » Sur la foi de ce passage, je serais tenté de croire que si vous avez caché des indices au cœur de votre texte, vous avez procédé avec élégance et simplicité et non en recourant à de laborieuses techniques de cryptographie.

Le terme de stéganographie vous est sûrement familier. Du grec « steganô » (« je couvre ») et « graphô » (« j'écris »), la stéganographie consiste à dissimuler un message dans un autre message. En voici un exemple célèbre. Alfred de Musset écrit à sa maîtresse George Sand :

Quand je jure à vos pieds un éternel hommage,
Voulez-vous qu'inconscient je change de langage ?
Vous avez su captiver les sentiments d'un cœur
Que pour adorer forma le Créateur.
Je vous aime et ma plume en délire
Couche sur le papier ce que je n'ose dire.
Avec soin, de mes lignes, lisez les premiers mots.
Vous saurez quel remède apporter à mes maux.

Si vous avez suivi le conseil de Musset, la réponse de Sand ne devrait guère vous surprendre :

Cette indigne faveur que votre esprit réclame
Nuit à mes sentiments et répugne à mon âme.

Quelques procédés stéganographiques parmi les plus courants : l'encre sympathique (vinaigre, jus de citron...), le micropoint (la photo d'une page, réduite aux dimensions d'un point, est insérée dans le texte à un endroit convenu d'avance), l'écarte-ment entre les mots (des différences imperceptibles à l'œil nu n'échapperont pas à un scanner per-fectionné), l'encodage par synonymes (en attribuant par exemple la valeur 1 au mot «criminel» et 0 et au mot «assassin», vous pouvez aisément composer un texte en langage binaire sans attirer l'attention du lecteur).

Bonne chance à vous.

Claude

P-S : Je déplore que vous ayez choisi de ne pas annexer à votre dossier les pages poignantes dans lesquelles j'évoquais mes plus beaux souvenirs avec Émilie. Pas étonnant que vous me preniez pour un

monstre : vous me censurez chaque fois que je me
montre à mon avantage.

*

Je m'avise seulement de l'extraordinaire coïncidence que représente la découverte de la voiture
d'Émilie au bord d'une carrière de craie. J'y vois la
mise en scène d'un assassin qui, connaissant mon
goût pour l'œuvre d'Agatha, a voulu s'assurer qu'on
me confierait l'enquête. Ce qui m'amène à ce surprenant constat : chaque fois qu'un assassin attire
délibérément Poirot dans une affaire, il lui écrit une
lettre !

Dans *Le crime du golf*, Paul Renauld appelle le
Belge à l'aide d'un télégramme dans lequel il dit
craindre pour sa vie. Poirot se précipite sur les lieux.
Trop tard ! En fait, Renauld a supprimé un vaga-
bond et se fait passer pour mort avec la complicité
de sa femme.

Dans *Le lion de Némée*, sir Joseph Hoggin
demande à Poirot d'enquêter sur la disparition du
pékinois de sa femme. Poirot démantèle une vaste
entreprise de kidnapping canin et découvre au passage que Hoggin empoisonne son épouse à petit feu.

Dans *Le rêve*, le millionnaire Benedict Farley
convoque Poirot pour lui faire part d'un cauchemar
récurrent dans lequel il se suicide. Il se tue peu
après. Poirot devine qu'il a été victime d'une machi-
nation et que l'assassin — et l'auteur de la lettre —
est Hugo Cornworthy, le secrétaire de Farley.

D'essentiellement circonstanciel dans les exemples

précédents, le thème épistolaire accède à une importance capitale dans *ABC contre Poirot*. Afin d'éviter d'être soupçonné du meurtre de son frère Carmichael Clarke qui vit à Churston, Franklin Clarke commence par assassiner une Alice Ascher à Andover et une Betty Barnard à Bexhill-on-Sea, en abandonnant chaque fois derrière lui un indicateur de chemin de fer ABC. Il essaie ainsi de faire croire que les meurtres sont l'œuvre d'un désaxé qui choisit ses victimes en fonction de l'alphabet. Il va jusqu'à fournir à la police le coupable idéal, un représentant épileptique légèrement dérangé du nom d'Alexandre-Bonaparte Cust. (Cust ne se souvient pas des crimes mais admet, dans un instant de lucidité, pouvoir avoir oublié qu'il en était l'auteur.) Avant chaque meurtre, Clarke envoie une lettre signée ABC à Poirot pour lui dire où et quand il va frapper. Même averti, Poirot ne peut empêcher les deux premiers crimes. La police se mobilise, bien décidée à déjouer la troisième tentative. Malheureusement, la lettre d'ABC, mal adressée, arrive en retard. Datée du 27, elle n'est distribuée que le 30, c'est-à-dire le jour même du meurtre qu'elle est censée annoncer. Poirot a beau sauter dans le premier train en partance pour Churston, il arrive trop tard : Carmichael Clarke a rendu l'âme quelques minutes après minuit. C'est une remarque anodine de Hastings qui met Poirot sur la voie : et si l'erreur d'adresse (Whitehorse Mansions pour Whitehaven Mansions) était intentionnelle ? Poirot comprend soudain pourquoi ABC l'a choisi pour confident : une lettre à un particulier peut s'égarer tandis qu'un pli adressé à Scotland Yard serait for-cément arrivé à bon port.

Toutes ces histoires présentent un point commun supplémentaire. L'assassin n'enrôle pas Poirot par crânerie mais parce qu'il en escompte un bénéfice bien précis. En admettant que Brunet m'ait écrit une lettre, deux questions s'imposent. Pourquoi ne l'ai-je pas reçue ? Et quel rôle me réserve-t-il dans ses desseins ?

*

Monique m'a apporté, pendant le dîner, la réponse à ma première question. Les services postaux sont en grève depuis plusieurs semaines, ce que j'ignorais, ne lisant plus le journal depuis mon accident.

Lundi 29 mai

Cher Achille,

Tant mon sens du fair-play que les termes de notre pacte m'obligent à porter à votre connaissance une information qui risque d'éclairer d'un jour nouveau les démarches que vous avez récemment entreprises auprès du bureau de l'état civil.

La veille de la disparition d'Émilie, j'ai répondu à la convocation du directeur juridique de l'hôpital Duchère, M. de Kock, qui annonçait dans son courrier vouloir m'entretenir d'un sujet de la plus haute importance. Il m'a reçu dans un bureau cossu avec une déférence un peu excessive. Après s'être assuré de mon identité, il a accouché d'une révélation sensationnelle que je vous livre aussi brutalement que je l'ai reçue.

Il se trouve que le professeur Plume, qui a dirigé le service de traitement de la stérilité de l'hôpital Duchère pendant presque trois décennies, vient de s'éteindre à l'âge respectable de quatre-vingt-dix-huit ans. Il a laissé en guise de testament une confession explosive. Tout au long de sa carrière, il a substitué, chaque fois qu'il l'a pu, son propre sperme à celui des patients qui venaient le consulter pour une insémination artificielle. De Kock est resté évasif sur les motivations de Plume mais je soupçonne ce dernier d'avoir succombé à un fantasme démiurgique dont plusieurs cas ont déjà été attestés.

L'hôpital ignore combien Plume a enfanté de descendants (il ne tenait pas de registre), sans doute quelques centaines, ce qui est à la fois beaucoup et peu au regard des milliers de patients traités au cours de la période en question. De Kock et ses équipes contactent actuellement les familles une par une dans la plus grande discrétion. L'information n'a pour l'instant pas filtré dans la presse, mais mon interlocuteur ne semblait guère nourrir d'illusions sur ses chances d'éviter un scandale et une action en justice de la part des victimes.

Vous l'avez compris : je suis un bébé-éprouvette. Mes parents ont essayé pendant longtemps de concevoir, avant de se résoudre à procéder à des tests qui ont révélé que mon père était presque stérile. Plume a sous doute cru rendre service à l'humanité en injectant dans les ovocytes de ma mère un échantillon de sa vigoureuse semence de préférence au sperme anémique de mon père. Je suis mal placé pour lui jeter la pierre.

De Kock m'offre de procéder à un test ADN qui établira ma filiation de manière indiscutable (et, accessoirement, circonscrira le risque juridique de l'hôpital). Bien qu'il me pousse énergiquement dans cette voie, j'ai l'impression que la plupart des familles optent pour le statu quo, sans doute par peur *de ne savoir assumer les conséquences d'un test positif.*

Vous devinez mon dilemme. Le scientifique en moi veut connaître la vérité. D'un autre côté, je ne déteste pas l'incertitude qui entoure désormais mes origines. Tant que je ne passe pas ce test, je suis à la fois le fils de mon père et celui de Plume. Mener deux vies n'est pas donné à tout le monde.

Ne vous méprenez pas sur le sens de ma démarche : je n'attends de vous aucun conseil. Je tenais simplement à vous informer que j'ai peut-être quelques centaines de demi-frères de par le monde.

*

Curieuse affaire. J'ai moi aussi été conçu in vitro. J'ignore qui mes parents ont consulté à l'époque. Sûrement pas le professeur Plume, puisque l'hôpital Duchère ne m'a pas contacté.

Dans tous les cas, les révélations de Brunet me remettent en selle. Émilie a bien pu écrire à son beau-frère — ou à l'un de ses beaux-frères. Appelé Henri pour lui suggérer de fouiller le dépôt postal à la recherche d'une enveloppe portant l'écriture de la disparue. Il m'a envoyé sur les roses. Je lui ai qu'il prenait une énorme responsabilité : l'adresse de la retraite d'Émilie nous nargue peut-être au fond d'un sac de courrier. Le ton a monté, Henri a fini par raccrocher.

Pas découragé, je me suis replongé dans mes archives sur la disparition d'Agatha, où m'attendaient quelques trouvailles.

En 1926, terrée dans sa chambre d'hôtel du York-shire, Agatha fit passer un message personnel dans le *Times* de Londres. «Theresa Neele, d'Afrique du Sud, demande à ses amis et relations de la contacter. Écrire au journal qui transmettra.» (À partir de demain, Monique achètera chaque matin les principaux titres de la presse locale et nationale. Une demi-heure devrait lui suffire pour éplucher les pages des petites annonces.)

Avant de disparaître, Agatha avait déposé sa bague de mariage en réparation chez un joaillier de Londres en laissant à ce dernier l'adresse de l'hôtel d'Harrogate. (Charrignon a accepté — sans en parler à Henri — de présenter une photo d'Émilie à la trentaine de bijoutiers de Vernet.)

Six jours après la disparition, Archie se rendit sur les lieux en compagnie du chien d'Agatha pré-nommé Peter, lequel renifla les sièges de l'auto et le manteau de sa maîtresse mais ne détecta aucune trace. (Demander demain à Henri, quand il aura décoléré, d'envoyer Auguste à Lompenas pour lui faire renifler le sac à dos d'Émilie.)

Le même jour, Archie déclara à la presse qu'il ne voyait que trois explications possibles à la disparition de sa femme : la fugue volontaire, l'amnésie ou le suicide. Il ne croyait guère à la troisième hypothèse («Si Agatha avait voulu se suicider, elle aurait utilisé le poison comme dans tant de ses livres. En outre, on aurait retrouvé son corps près de la voiture») et penchait pour la première car, prétendait-il, «Agatha avait sérieusement réfléchi aux moyens de disparaître en vue d'un prochain roman». Mais la remarque la plus pénétrante émana de Dorothy Sayers, amie et rivale littéraire d'Agatha : « La piste de la perte de mémoire est la plus déconcertante car elle implique une absence totale de mobiles. Or sans mobile, pas d'indices : c'est la base de la détection. Cela dit, une disparition volontaire peut également se révéler excessivement déroutante, surtout si l'on en doit le scénario à un auteur rompu à l'art de semer la confusion. » (Contacté Marie Arnheim. À sa connaissance, Émilie n'écrivait pas de romans policiers.)

Le développement d'Archie m'a rappelé l'analyse de Poirot en préambule de *La disparition de M. Davenheim*. « Il existe trois catégories de disparition. Dans la première, la plus courante, se rangent les disparitions volontaires. Dans la seconde, les cas d'amnésie dont on abuse beaucoup : peu fréquents, il arrive quand même de temps à autre qu'il y en ait d'authentiques. La troisième comprend les assassinats après lesquels on parvient plus ou moins bien à se débarrasser du corps. » À Japp qui doute qu'il soit possible de se fondre très longtemps dans l'anonymat, Poirot rétorque : « Vous perdez de vue qu'un homme qui a décidé de faire disparaître un autre homme — ou de se débarrasser, au sens figuré, de lui-même — pourrait être précisément cette mécanique si rare : un homme méthodique. Il pourrait apporter à son projet de l'intelligence, du talent et une attention minutieuse dans le calcul du moindre détail. Dans ce cas, je ne vois pas pourquoi il ne parviendrait pas à tromper la police. »

Pour un peu, j'en viendrais à considérer l'affaire sous un jour radicalement nouveau. Et si l'individu méthodique, talentueux et intelligent n'était pas celui qu'on croit ? Et si Émilie avait orchestré sa disparition pour faire porter le chapeau à Brunet, comme Nevile Strange assassine lady Tressilian, dans *L'heure zéro*, dans le seul but de faire accuser sa femme ?

Mardi 30 mai

Cher Achille,
Je m'étonne et, pour tout dire, je commence à
m'inquiéter de la fâcheuse tendance qu'a Poirot à
occire ou à pousser au suicide ceux qu'il croit coupables. Après Le meurtre de Roger Ackroyd, *ne
voilà-t-il pas que votre ami récidive dans* Poirot
quitte la scène.

Ce livre écrit pendant la guerre, conservé trente
ans dans un coffre et publié juste avant la mort
d'Agatha, voit un Poirot vieillissant et quasi inva-
lide retourner à Styles sur le théâtre de ses premiers
exploits. La fastueuse propriété de Mrs Inglethorp a
changé de mains bien des fois pour finir entre celles
des époux Luttrell qui l'ont transformée en une
assez sordide pension de famille. Si Poirot a élu
résidence dans un établissement si indigne de son
standing, c'est, comme il l'explique à son fidèle Hastings, parce qu'il est lancé sur les traces d'un certain X, qui est le criminel le plus amoral et le plus
dangereux qu'il ait jamais rencontré de toute sa
carrière. X n'est pas un assassin ordinaire : il tue

par procuration, ou plutôt par suggestion, sans jamais se salir directement les mains. Poirot refuse néanmoins de révéler à Hastings l'identité de X, lâchant tout au plus que ce dernier habite Styles et qu'il va sous peu repasser à l'action.

Je ne vous ferai pas l'insulte de relater par le menu les péripéties qui s'ensuivent. Qu'il me suffise de rappeler que X se montre largement à la hauteur du portrait machiavélique qu'en a brossé Poirot. En l'espace de quelques jours, le colonel Luttrell tire sur sa femme ; une cliente, Mme Franklin, périt empoisonnée et Hastings lui-même est à deux doigts de régler son compte au sinistre Allerton, qui a le tort de conter fleurette à sa fille. Bientôt, la mécanique s'emballe et deux nouvelles morts sont à déplorer : celle de Stephen Norton, un inoffensif ornithologue retrouvé dans sa chambre avec une balle dans la tête, et celle, beaucoup plus tragique pour le lecteur, d'Hercule Poirot, qui a succombé à une crise cardiaque. Devant tant de mystères, la police ne tarde pas à baisser les bras et Hastings rentre chez lui, le cœur brisé.

La vérité lui parvient quatre mois plus tard par la poste, sous la forme d'une confession posthume de Poirot. Même si celle-ci vous est familière, je me permets de requérir toute votre attention. « _À la fin de ma carrière, écrit Poirot, j'étais enfin tombé sur le criminel parfait, celui qui avait inventé une technique lui permettant de ne jamais être convaincu de meurtre_. C'était stupéfiant, mais pas nouveau. Il existait bel et bien des précédents, à commencer par Iago dans Othello. On se trouve là devant l'art du meurtre poussé à son plus haut degré de perfection. Pas un seul mot d'incitation directe : Iago ne cesse de retenir les autres sur le chemin de la violence, de réfuter avec horreur des soupçons que personne n'avait eus avant qu'il en fasse lui-même état ! À chacun de nous, le désir de tuer vient de temps à autre. Tout l'art de X consistait, non pas à suggérer le désir, mais à supprimer la résistance normale à ce désir. X savait trouver le mot juste, la phrase exacte et même l'intonation nécessaire pour suggestionner et appuyer chaque fois davantage sur le point le plus sensible. Et cela se faisait sans que la victime s'en doute. Ce n'était pas de l'hypnotisme : l'hypnotisme n'y aurait pas réussi. C'était quelque chose de plus insidieux, de plus dévastateur. C'était le rassemblement de toutes les forces d'un individu pour élargir une brèche au lieu de la colmater. » Poirot livre enfin le nom de ce redoutable adversaire. X n'est autre que Norton, « un sadique masqué, un fanatique de la douleur, de la torture mentale ». Poirot n'a pas l'ombre d'un doute sur ce point, même s'il ne peut le prouver au sens où l'entendent habituellement les tribunaux. Alors, le plus naturellement du monde, il endosse le rôle du magistrat ! Il convoque l'ornithologue et lui expose sa théorie. « Il n'a pas nié », écrit victorieusement Poirot pour qui, comme nous le savons depuis Le meurtre de Roger Ackroyd, l'absence de protestations vaut aveux. Le procès de Norton a duré en tout et pour tout trois minutes. Son exécution est encore plus sommaire : Poirot lui administre un somnifère puis lui tire une balle en plein milieu du front, «*par souci de symétrie*», avant de s'allonger sur son lit en attendant que son cœur le lâche. En comparaison, mon interrogatoire par l'inspecteur Vega est un modèle d'*habeas corpus*.

J'ai considérablement révisé à la hausse mon opinion d'Agatha Christie ces dernières semaines. On ne m'ôtera pas de l'idée en revanche que la réputation d'Hercule Poirot est un peu surfaite. Suis-je le seul à me rendre compte que le vieux hibou se prend pour Dieu le père ? Voyez comme il est prompt à s'absoudre de ses péchés : «*J'ignore si ce que j'ai fait peut se justifier ou non. Non, je n'en sais rien. Je ne crois pas qu'un homme ait le droit de se substituer à la loi... Mais d'un autre côté, je suis la loi !*» De fait, aucun détective n'enfreint le code pénal avec une telle désinvolture. Priver Sheppard et Norton d'un procès en bonne et due forme n'empêche pas Poirot d'accorder sa bénédiction aux assassins du *Crime de l'Orient-Express* ni de gracier la vieille Mme Déroulard, coupable d'avoir empoisonné son fils dans *La boîte de chocolats*. J'ajoute qu'il ne semble pas nourrir non plus un grand respect pour l'institution pénitentiaire, si j'en juge par son habitude de pousser les coupables au suicide, que ceux-ci soient passés aux aveux (Gerda Christow dans *Le vallon*, lady Westholme dans *Rendez-vous avec la mort)* ou non.

Rouletabille et Dupin chérissent la simplicité par-dessus tout. Poirot, lui, n'a que mépris pour les solutions évidentes, les témoins oculaires et les lettres d'aveux. J'ai déjà cité son commentaire dans *Roger Ackroyd* («*Trois mobiles ? C'est presque* trop. Je suis enclin à croire qu'après tout Ralph Paton est innocent »). Et que dire de cette remarque dans ABC contre Poirot : «J'eus immédiatement l'impression qu'Alexandre-Bonaparte Cust se considérait comme le meurtrier! Lorsqu'il m'eut avoué sa culpabilité, je me ralliai plus que jamais à ma première hypothèse [celle de la culpabilité de Franklin Clarke].» Votre ami a une fascination perverse pour les scénarios invraisemblablement compliqués, à base d'enfants naturels, de plans de sous-marins et de ventriloquie. S'il officiait dans cette enquête, il m'accuserait probablement d'espionner pour le compte d'une puissance étrangère et d'utiliser ma fabuleuse mémoire pour stocker la formule d'un gaz révolutionnaire capable de faire fondre le métal.

Heureusement, le hasard a voulu que vous, et non Poirot, soyez affecté à mon affaire. Il me reste à espérer que lorsque vous serez parvenu à la conclusion que je suis intouchable, vous ne vous aviserez pas de me loger une balle dans la tête comme votre modèle!

Claude

P-S : Je m'aperçois que j'ai passé sous silence la révélation la plus stupéfiante contenue dans la confession de Poirot : c'est Hastings qui, sans le savoir, a tué Barbara Franklin en faisant pivoter la bibliothèque pendant que le reste des convives observaient les étoiles filantes. L'infortunée Mme Franklin s'est retrouvée à boire la tasse de café empoisonné initialement destinée à son mari. Décidément, il ne fait pas bon tenir la plume dans les romans d'Agatha.

L'air de rien, ce texte me conforte dans ma conviction que je suis sur la bonne voie. D'abord, la phrase «La vérité parvient à Hastings par la poste» confirme que je vais bientôt recevoir du courrier. Ensuite, derrière ses fanfaronnades, Brunet semble bel et bien paniqué à l'idée que je puisse lui faire la peau.

J'avoue prendre un certain plaisir à lire ses analyses sur l'œuvre d'Agatha. Les tendances mégalomaniaques de Poirot sont bien connues mais je n'avais jamais noté le penchant du Belge à rendre la justice lui-même. Il me semble cependant qu'on peut difficilement lui reprocher de n'avoir qu'une confiance relative à l'égard de l'appareil judiciaire britannique, le seul juge de l'œuvre d'Agatha — Lawrence Wargrave dans *Dix petits nègres* — étant aussi son assassin le plus prolifique.

*

Double coup dur : Henri refuse de tenter l'expérience avec Auguste et Charrignon est rentré bredouille de sa tournée des bijoutiers.

Je suis à court d'idées.

*

Henri a rappelé pendant que je promenais Hastings. Cette mauviette de Lebon a capitulé : la date du procès de Brunet a été fixée au 19 juin. Je dois absolument faire quelque chose.

Mercredi 7 juin

Je me suis réveillé dans une chambre inconnue. Apparemment, je suis en cure de sommeil à Riancourt depuis une semaine. Je dors vingt heures par jour. Ce matin, après que l'infirmière eut débarrassé le plateau du petit déjeuner, Monique a sorti un cahier rouge de son sac. «Le docteur Maillard dit que tu peux le lire à présent.» J'ai tendu la main vers le cahier. Elle a eu un mouvement instinctif de recul. «Si ça ne tenait qu'à moi, a-t-elle dit en se mordant les lèvres, je ne te l'aurais jamais rendu.»

J'ai commencé à tourner les pages lentement, puis de plus en plus vite. Si je ne reconnaissais pas mon écriture, je douterais d'être l'auteur de ce texte. Comment ai-je pu m'aveugler à ce point? Traiter si cruellement Monique? Me laisser suffoquer par les mots au point de chercher mon salut dans des pâtés et des ratures? Au bout d'un moment, j'ai posé le cahier et j'ai caressé les cheveux de Monique. Elle s'est mise à pleurer très doucement. Je lui ai demandé pardon.

Je griffonne ces lignes tandis que l'infirmière assujettit ma perfusion. Il est l'heure de dormir.

Jeudi 8 juin

Lu mon texte en entier cette fois-ci. Il n'explique pas pourquoi j'ai atterri ici. «Vous étiez surmené», a lâché Maillard du bout des lèvres. Il refuse d'en dire davantage sur les circonstances de mon hospitalisation. Je n'insiste pas.

Vendredi 9 juin

Monique ne quitte pas mon chevet.

Le plus surprenant dans mon cahier, c'est cette intensité, cette détermination farouche perceptible dans le moindre de mes actes, comme si l'enjeu véritable de mon duel avec Brunet était moins la vie d'Émilie que la mienne.

Maillard est passé tout à l'heure. Il va progressivement raccourcir mes plages de sommeil et pense que je serai bientôt en état de rentrer à la maison.

Hastings me manque.

Samedi 10 juin

On a frappé à la porte pendant que je déjeunais.
Monique est allée ouvrir. Un homme remarquablement beau vêtu d'une robe d'hôpital lui a fourré une
liasse de feuilles dans les mains. «Madame Dunot?
l'ai-je entendu murmurer. J'ai appris que votre mari
occupait la chambre voisine de la mienne. Il tient
toujours son journal? Tant mieux. Pourriez-vous
avoir l'obligeance de lui remettre cette lettre quand
il aura fini de lire son cahier?»
Je recopie sa missive in extenso.

Cher Achille,
J'ignore quand vous lirez ces lignes. Votre esta-
fette n'est pas passée depuis une semaine entière et
rien ne me garantit que votre médecin traitant vous
autorisera un jour à reprendre votre journal.
J'ignore ce qu'on a pu vous raconter sur les cir-
constances de votre crise de nerfs. Rien peut-être.
Vous n'en avez évidemment vous-même aucun
souvenir. La dose de tranquillisants que vous a
administrée Maillard aurait assommé un cheval.

220

Vous avez perdu connaissance presque instantanément. Votre dernier mot a été pour réclamer votre cahier.

Je tiens le récit qui suit de Charrignon, qu'on ne peut, je crois, suspecter de partialité à votre égard. Il était de garde mercredi 31 mai vers 17 h 30 quand vous avez débarqué à l'improviste au commissariat. Vous lui avez dit qu'Henri Gisquet vous avait chargé d'une mission de confiance, pour laquelle vous aviez besoin d'une douzaine d'hommes séance tenante. Charrignon a passé quelques coups de fil et moins d'une demi-heure plus tard, un fourgon plein comme un œuf filait, toutes sirènes hurlantes, en direction du quartier Nord.

Vous vous êtes garés dans un crissement de pneus devant le dépôt régional de la poste. Les quelques syndicalistes qui se relayaient sur le trottoir pour barrer l'accès à l'entrepôt se sont aussitôt regroupés devant l'entrée, pensant que vous veniez briser les piquets de grève. Après quelques minutes de négociations, leur leader a consenti à déverrouiller les portes.

Charrignon raconte que vous avez brièvement chancelé en franchissant le seuil. Je vois d'ici le tableau. Avec ses quinze mètres sous plafond, ses chaînes de tri désertes à perte de vue et ses immenses baies vitrées qui déversaient une lumière orangée, l'atelier ressemblait sans doute davantage à une cathédrale qu'à une usine.

La grève prolongée avait saturé les capacités de l'entrepôt. Des milliers de sacs bruns, dont chacun eût facilement contenu un homme, s'entassaient dans les allées comme si les préposés au tri avaient voulu édifier des barricades. Les carrousels à l'arrêt disparaissaient sous des amoncellements de colis de toutes les tailles. Des tours de catalogues de vente par correspondance s'élançaient vers le ciel. Des montagnes de magazines voisinaient avec des palettes de journaux entourés de cordelettes dont s'élevait une insidieuse odeur de moisi. Dans un coin s'empilaient les objets les plus incongrus : deux cadres de vélos, une fresque pompière enveloppée de papier bulle, plusieurs sacs de golf, une tondeuse à gazon, une cuisinière qui avait connu des jours meilleurs, une girouette en plâtre, des matelas plus ou moins souillés.

Vous avez embrassé la scène d'un coup d'œil, puis vous avez distribué vos instructions avec la sûreté d'un généralissime. Vous recherchiez deux lettres. Émilie avait dû poster la première le jour ou la veille de sa disparition (vous avez remis à chacun un spécimen de son écriture). La seconde vous était personnellement destinée (vous avez épelé votre nom et décliné votre adresse).

Votre discours n'a pas rencontré l'approbation escomptée. Quelques commentaires sarcastiques ont fusé. Un mariole, sans doute ignorant de vos états de services, a grommelé dans sa barbe que vous aviez enrôlé une escouade dans le seul but de mettre la main sur votre chèque de retraite. Lespinasse a calculé à voix haute qu'à raison d'un sac par homme et par heure, purger le stock existant prendrait plusieurs jours. Faisant fi des sceptiques, vous avez vidé le sac le plus proche sur une table pour donner l'exemple. Quand vous en aviez terminé avec une liasse, vous la jetiez par-dessus votre épaule. Bientôt, vous avez eu du courrier jusqu'aux chevilles.

Au début, les conversations allaient bon train. Puis les bavardages ont progressivement cédé la place à l'accablant silence qui préside invariablement aux tâches les plus abrutissantes. Seul Lespinasse actualisait périodiquement ses prévisions : l'horizon de quelques jours initialement envisagé s'est allongé en semaines puis, après intégration de nécessaires intervalles de repos, en mois. Finalement, quelqu'un lui a crié de la boucler. On ne l'a plus entendu de sitôt.

Vous n'êtes jamais venu à bout de votre premier sac. On sollicitait votre avis de toutes parts. Fallait-il inspecter les colis ? Où ranger les sacs terminés ? Que faire des plis décollés par l'humidité ? Vous aviez réponse à tout et prodiguiez vos conseils avec l'assurance d'un vétéran du service postal. De temps à autre, un de vos hommes levait le bras en croyant reconnaître l'écriture d'Émilie. Vous fondiez sur lui en trois pas, lui arrachiez l'enveloppe des mains et la compariez fébrilement à la liste de courses manuscrite que vous avait fournie Mlle Landor. Pas une fois, vous n'avez pu vous empêcher de déchirer l'enveloppe, quand bien même les différences entre les deux calligraphies sautaient aux yeux ; pas une fois, vous n'avez pu vous empêcher de la rouler en boule après avoir constaté qu'elle émanait d'un inconnu.

Vous vous efforciez de minimiser ces déconvenues en distribuant des bourrades à vos grognards en regagnant votre place. Un épisode toutefois vous atteignit à l'estomac. Il était presque 22 heures quand Charrignon poussa un cri de triomphe. Depuis un moment, il avait jeté par-dessus bord toute idée de méthode. Au contraire de Lespinasse qui se faisait une vertu de son systématisme, il déambulait au hasard dans les allées et plongeait au moment où on s'y attendait le moins la main au fond d'un sac avec la soudaineté d'un aigle piquant sur un mulot. Contre toute probabilité, il avait à sa dixième tentative ramené une enveloppe manuscrite libellée à l'attention de M. Achille Dunot.

Vous l'avez rejoint sans laisser paraître votre excitation, vous offrant même le luxe de consolider sur votre chemin un échafaudage de colis menacé d'effondrement. Tout le monde s'était arrêté de travailler. Dans un élan de poésie, Charrignon compare le silence qui régna pendant ces quelques secondes au recueillement qui s'empare d'un hippodrome avant la proclamation officielle des résultats d'une course excessivement serrée.

Après avoir soupesé l'enveloppe et l'avoir élevée à la lumière comme pour en apprécier l'authenticité, vous avez vissé une loupe de joaillier à votre œil et vous êtes absorbé dans un examen approfondi de l'adresse. Si quelqu'un pensa alors que vous auriez plus vite fait d'ouvrir la lettre, il eut le bon goût de garder sa suggestion pour lui.

— Ce n'est pas l'écriture de Brunet, avez-vous enfin laissé tomber. Pas davantage celle d'Émilie, encore que les majuscules et le point du i bien formé trahissent sans hésitation possible une femme jeune et moyennement éduquée. Peut-être Marie Arnheim mais certainement pas Mlle Landor.

Avec la dextérité d'un prestidigitateur, vous avez tiré de la poche intérieure de votre veste un coupe-papier effilé et l'avez glissé sous le rabat adhésif de l'enveloppe. Vous avez hésité une fraction de seconde, pendant laquelle je suis tenté de croire que vous avez pensé que vous vous apprêtiez à vivre le couronnement de votre carrière.

Le stylet a fendu le papier. Vous avez extrait de l'enveloppe une carte plastifiée bleu pervenche ainsi qu'un feuillet que vous n'avez pu vous retenir de lire à voix haute d'un ton incrédule : « Cher Monsieur Dunot, vous trouverez ci-joint votre nouvelle carte de bibliothèque. Merci de détruire la précédente, qui n'est désormais plus valable. Littérairement vôtre, Julie Mignaud. »

Si je devais filer la métaphore hippique, je dirais que le silence qui s'abattit alors sur le dépôt ressemblait à celui qu'observent les parieurs en apprenant que le pur-sang qui a lourdement chuté dans la ligne opposée s'est cassé une jambe et va devoir être achevé.

Charrignon, toujours le bon camarade, a frappé dans ses mains pour marquer la reprise du travail. De ce moment-là, craignant pour votre équilibre, il ne vous a plus lâché des yeux. Il vous a ainsi vu peu après abandonner votre poste, parlementer avec les grévistes et en convaincre trois ou quatre de renforcer vos rangs. Il a aussi remarqué que vous consultiez de plus en plus fréquemment votre montre. Il n'est pas difficile de reconstituer votre raisonnement. Chaque heure qui passait augmentait vos chances de vous endormir. Qui pouvait dire combien de temps vos hommes continueraient à travailler livrés à eux-mêmes ? Vers minuit, vous avez passé un coup de téléphone. Victor Vega, mal rasé et vêtu d'une simple robe de chambre, a rappliqué un quart d'heure plus tard. Il s'est posté à vos côtés sans un mot ou un regard pour ses partenaires et a commencé à dépiauter mécaniquement la pile de courrier que vous lui tendiez. Savez-vous qu'il a été radié de la police sans possibilité de recours ? Je serais curieux d'apprendre ce que vous lui avez dit pour le tirer du lit.

Votre décision d'appeler Vega à la rescousse s'est toutefois révélée une erreur calamiteuse. Deux de ses anciens collègues ont ostensiblement pris leurs cliques et leurs claques. Lespinasse s'est abrité à l'ombre d'une taupinière d'imprimés fiscaux pour téléphoner. Selon Charrignon, il montrait des signes croissants d'hostilité. Il devait soupçonner que Gisquet n'aurait jamais commandité une fouille aussi hasardeuse. L'arrivée de Vega a achevé de le convaincre que vous dirigiez une opération clandestine.

Vous devinez la suite. Vers 1 heure de matin, des protestations se sont élevées de la rue : c'étaient Gisquet et ses boys qui forçaient le barrage des grévistes, avec un peu plus d'impétuosité qu'il n'eût été nécessaire.

— Personne ne bouge, a tonné Gisquet comme s'il interrompait une prise d'otages.

Quatre gardiens de la paix, arme au poing,

conféraient une certaine crédibilité à cette injonction. Le dernier membre du commando ne portait pas l'uniforme. Il s'agissait de Maillard, le psychiatre de Riancourt. Vous ne l'avez pas reconnu, bien que l'ayant rencontré au moins une fois en ma présence.

— Achille Dunot ne fait plus officiellement partie de la police, a rappelé Gisquet qui pataugeait dans la correspondance. Il n'est par conséquent pas habilité à vous donner des ordres.

— C'est ce que je me suis tué à expliquer à Charrignon, a fayoté Lespinasse. Mais il n'a pas voulu m'écouter.

Pour la deuxième fois de la soirée, quelqu'un a suggéré à Lespinasse de fermer son clapet.

— Allons, a dit Gisquet, magnanime, il est tard. Que chacun aille se coucher, nous en reparlerons demain.

En moins de temps qu'il n'en fallait à vos acolytes pour se diriger vers la sortie, vous avez grimpé sur une chaise et crié :

— Ne partez pas ! Il reste encore des centaines de sacs à éplucher !

— Tu es fatigué, Achille, a dit Gisquet, apparemment soucieux de ne pas envenimer la situation. Descends de là, je vais te ramener chez toi. Monique doit se faire un sang d'encre.

— Je ne partirai pas d'ici avant d'avoir personnellement inspecté chaque enveloppe de ce dépôt.

Gisquet a paru hésiter. Enfin, il a esquissé un signe de la tête. Les gardiens de la paix ont rangé *leur arme puis se sont approchés de vous à pas lourds, en se séparant pour encercler la chaise.*

— Rappelle tes molosses, Henri ! avez-vous glapi. Achille Dunot ne parle pas le langage de la force.

Trop tard. Un des policiers, en agrippant votre jambe, vous a déséquilibré : vous êtes tombé à la renverse dans un fracas épouvantable. Les autres gardiens de la paix se sont jetés sur vous comme à la curée. Vous vous êtes débattu avec une vigueur insoupçonnable, en distribuant des châtaignes qui causaient d'autant plus de dégâts que vos agresseurs s'interdisaient de rendre coup pour coup. Vous gigoteriez peut-être encore à l'heure qu'il est si ce faux jeton de Maillard, surgissant subrepticement par-derrière, ne vous avait planté une seringue dans la cuisse. Vous vous êtes brusquement raidi puis vos traits se sont détendus à mesure que le tranquillisant se répandait dans vos veines.

— Le cahier, avez-vous balbutié en vous sentant partir. Je dois écrire dans le cahier.

Puis vous avez sombré dans le néant.

Dimanche 11 juin

De retour à la maison. Je dors encore beaucoup. Une infirmière passe deux fois par jour pour changer la perfusion.

J'ai peine à croire que je passais parfois presque toute la journée à lire mon cahier. Dévoré mon manuscrit en à peine trois heures ce matin, soit approximativement la durée qu'il me faut pour avaler un roman d'Agatha. Curieusement, bien que le narrateur s'exprime à la première personne, je n'ai jamais pu me départir d'une forme de détachement à son égard. Il me ressemble étroitement mais il n'est pas le véritable Achille Dunot. Je me demande si Poirot ressent la même chose en lisant les récits de Hastings.

Le service postal a repris jeudi. D'après le facteur, il faudra au moins une semaine pour désengorger les entrepôts.

Lundi 12 juin

Cher Achille,
Quelle joie de vous savoir rétabli. Les journées m'ont paru bien longues en votre absence. Pour la première fois de mon existence, je n'avais pas le cœur à travailler. En l'espace de deux semaines, j'ai achevé mon article pour la revue américaine (copie jointe), écrasé mon correspondant bulgare sans y prendre une once de plaisir et vaguement préparé ma défense. Un maigre bilan, vous en conviendrez.
Agatha aura été ma seule source de réconfort dans ce marasme. Au-delà du bonheur que m'ont procuré ses livres, je lui dois d'avoir considérablement revalorisé ma position à Riancourt. Je n'ai jamais reçu autant de visites que depuis que la nouvelle de mes lectures s'est répandue dans les couloirs de l'hôpital. Médecins, aides-soignantes et jusqu'aux femmes de ménage se pressent désormais à mon chevet pour recueillir mes avis sur la reine du crime. J'ai réussi à intéresser Morella, l'infirmière-chef, à l'injustice dont est selon moi victime le docteur Sheppard. Elle a promis de relire attentivement Le meurtre de Roger

Ackroyd, *à la recherche d'éléments qui le mettraient hors de cause. J'ai failli en venir aux mains avec Hermann, qui soutient mordicus que votre ami belge a bien fait d'éliminer Norton, «un insecte nuisible, une menace pour la société» (quand je pense que ce pompeux crétin a prêté le serment d'Hippocrate!). Quant à la question de savoir si Miss Grey courait ou non après la fortune de Carmichael Clarke, elle a fait l'objet de discussions animées avec ces dames du service comptabilité.*

De tous les romans d'Agatha que j'ai lus, Cartes sur table *est à ce jour celui que je préfère. Je vous vois d'ici froncer les sourcils. «Encore une histoire de crime parfait», pensez-vous. Et de fait, l'intrigue a piqué ma curiosité. Rencontrant Poirot lors d'une exposition de tabatières, M. Shaitana l'invite à dîner en compagnie de quatre individus qui, prétend-il, ont chacun commis au moins un crime sans être inquiétés par la police. Arrive ce qui devait arriver : pendant la partie de bridge qui suit le repas, Shaitana est discrètement poignardé dans son fauteuil. Poirot n'est pas seul à mener l'enquête. Shaitana avait en effet convié ce soir-là trois autres professionnels de l'investigation : le superintendant Battle (qu'on retrouve dans* Le secret de Chimneys *ou dans* Les sept cadrans*), le Colonel Race (*Mort sur le Nil*,* L'homme au complet marron*...) et la romancière Ariadne Oliver, dont c'est la première apparition aux côtés de Poirot.*

Franchement, Achille, je vous en veux de m'avoir caché si longtemps l'existence de la pittoresque Mrs Oliver, ne serait-ce que parce qu'elle est à l'évidence la jumelle fictionnelle d'Agatha. *Auteur de romans policiers à succès, elle entretient une relation ambivalente avec son personnage principal, le détective finlandais et végétarien Sven Hjerson, dans lequel il est difficile de ne pas reconnaître une transposition de Poirot. Avec un sens de l'autodérision particulièrement réjouissant, Agatha prête d'ailleurs à sa créature certains de ses propres travers, la faisant constamment changer de coiffure ou se nourrir presque exclusivement de pommes.*

Cantonner Ariadne Oliver dans le rôle du double d'Agatha serait cependant une erreur. Elle incarne d'abord et avant tout à mes yeux l'anti-Poirot. On ne saurait faire plus différents que ces deux-là. Là où Poirot est raisonnable, organisé et ne se fie qu'à ses petites cellules grises, Ariadne est fofolle, brouillonne et ne jure que par l'intuition, féminine de préférence. Cette opposition de styles nous vaut quelques épisodes savoureux, par exemple quand il s'agit pour les enquêteurs d'élaborer un plan de bataille. Mrs Oliver a formé son opinion avant même d'entendre les suspects : c'est le docteur Roberts qui a fait le coup. «J'ai tout de suite vu qu'il avait quelque chose de bizarre. Un homme si chaleureux ! Les meurtriers le sont souvent. C'est une façade. À votre place, superintendant, je l'arrêterais sur-le-champ. — C'est ce que nous ferions si nous avions une femme à la tête de Scotland Yard, répond, pince-sans-rire, Battle. Mais comme vous le voyez, les responsables n'étant que des hommes, nous devons nous montrer prudents. »

Battle auditionne alors les quatre suspects : deux

hommes (Roberts et Despard) et deux femmes (Lorrimer et Meredith). Les questions de Poirot portent essentiellement sur la partie de bridge. Comment décririez-vous le style de vos adversaires ? Qui a demandé quel contrat ? Et ainsi de suite. S'il ébauche une théorie, il n'en fait pas profiter les autres enquêteurs. Mrs Oliver, de son côté, élargit un peu les mailles de son filet. « La fille ou le docteur », décrète-t-elle à l'issue des interrogatoires. « Encore heureux qu'on ne soit pas dans un roman, ajoute-t-elle. Les lecteurs n'aiment pas beaucoup que le coupable soit une ravissante demoiselle ! »

N'ayez crainte, mon cher Achille. Je sais pertinemment que l'intrigue de Cartes sur table n'a pas de secrets pour vous. Si je vous demande de me suivre dans cette exploration, c'est parce que j'ai la ferme conviction qu'elle peut vous être bénéfique.

Les jours passent. Poirot et Mrs Oliver mènent leur enquête, chacun de son côté. La romancière se concentre sur la piste du docteur Roberts. « Mais pourquoi voulait-il tuer M. Shaitana ? lui demande-t-on. Vous en avez une idée ? — Une idée ? répond Ariadne. J'ai un tas d'idées. Ç'a toujours été mon problème. Je n'ai jamais été capable d'imaginer un scénario à la fois. Il m'en vient toujours quatre ou cinq, et c'est un drame d'avoir à choisir entre eux. J'ai six merveilleuses explications du meurtre. L'ennui, c'est que je n'ai aucun moyen de savoir laquelle est la bonne. Primo, Shaitana était un usurier. Il avait un côté très onctueux. Il tenait Roberts dans ses griffes et celui-ci l'a tué parce qu'il ne pouvait pas le rembourser. Ou alors, Shaitana avait ruiné sa sœur ou sa fille. Ou encore, Roberts était bigame, et Shaitana le savait. Il n'est également pas exclu que Roberts ait épousé la petite cousine de Shaitana et que, grâce à elle, il devait hériter de sa fortune. Ou bien — en voilà une excellente — supposons que Shaitana ait découvert un secret dans le passé de Roberts. Shaitana a dit quelque chose d'assez bizarre pendant le dîner à propos d'un accident et d'un empoisonnement. Vous comprenez ma théorie ? Un des patients du docteur s'empoisonne par accident. Mais bien sûr, en réalité, c'est l'œuvre du docteur. Il a sans doute tué un grand nombre de gens de cette façon. »

Vous n'aurez compté comme moi que cinq explications. Nous ferons grâce de la sixième à Mrs Oliver. Si ces scénarios peuvent, au premier abord, déconcerter par leur laconisme, c'est — vous l'aurez compris — parce qu'ils constituent dans l'esprit de Mrs Oliver des points de départ, de simples trames sur lesquelles elle pourrait broder à l'infini.

Peu après, Mrs Lorrimer avoue avoir poignardé Shaitana. Poirot, habituellement si prompt à inculper les innocents (ne levez pas les yeux au ciel, je vous taquine !), rejette les aveux de Mrs Lorrimer, qu'il juge incapable, au vu de son style au bridge, de commettre un meurtre qui ne soit pas prémédité. Et d'asséner au passage : « J'ai toujours raison. Avec une telle constance que j'en suis moi-même surpris. » Lorrimer reconnaît avoir voulu protéger Ann Meredith qu'elle a aperçue penchée sur la poitrine de Shaitana. Elle a endossé le crime de la jeune fille car elle se sait atteinte d'une maladie incurable (un procédé dont Agatha a tendance à abuser si vous m'autorisez ce commentaire). D'ailleurs, elle se suicide le soir même.

Il s'agit bien entendu d'une mise en scène. Poirot finit par établir après moult péripéties que Mrs Lorrimer a été assassinée par la même personne qui avait tué Shaitana : le docteur Roberts. Le mobile de ce dernier? Pendant le dîner, Shaitana avait lâché une allusion qui prouvait qu'il savait que Roberts avait empoisonné un de ses patients. « J'ai toujours dit que c'était lui », s'exclame alors triomphalement Ariadne Oliver.

On retrouve dans Cartes sur table les ingrédients qui font la beauté du Couteau sur la nuque. Le nom du coupable nous est révélé dans les premières pages. Mieux, Agatha nous livre le mobile, au détour d'un magnifique détectande scriptural : des cinq scénarios de Mrs Oliver, seul le dernier a droit au qualificatif d'excellent ; c'est évidemment le bon.

La comparaison s'arrête là. Car autant Poirot nous régale d'une prestation étincelante dans Le couteau sur la nuque, autant ses méthodes se révèlent tragiquement inadaptées quand il s'agit de confondre l'assassin de Shaitana. Faute d'indices, il passe le plus clair de l'enquête à explorer le passé des quatre suspects alors que le lecteur sait depuis la première page à quoi s'en tenir sur leur compte : chacun a déjà tué et n'hésiterait pas à recommencer pour assurer sa sécurité. Que retient votre ami belge au final contre Roberts ? Que celui-ci, étant d'une nature très observatrice, a dû remarquer le couteau dans la vitrine du salon. Qu'il a demandé un grand chelem dans la troisième manche afin de détourner l'attention des autres joueurs pendant qu'il tuait son hôte. Qu'il ne se rappelle pratiquement rien de la partie de bridge, ce qui tend à prouver qu'il avait l'esprit ailleurs. On reste ébahi devant tant de perspicacité...

Tout de même conscient que son dossier est un peu léger, Poirot tente un coup de poker indigne d'un grand détective. Il embauche un comédien qui se fait passer pour un laveur de carreaux et prétend avoir vu Roberts planter une aiguille dans le bras de Mrs Lorrimer. Roberts, dépeint quelques pages plus tôt comme un modèle de sang-froid, donne la tête la première dans le panneau et rend piteusement les armes. « J'abandonne. Vous m'avez eu. Moi qui pensais lui avoir proprement réglé son compte. »

À la décharge de Poirot, le meurtre de Shaitana n'offre aucune prise aux investigateurs. Les quatre suspects sont des assassins chevronnés qui ne commettent aucune faute. Chacun s'est levé plusieurs fois pendant la partie. Il est impossible de déterminer précisément l'heure de la mort. L'arme du crime appartenait à la victime. Bref, tout est possible mais rien n'est certain. C'est dans ce genre d'affaires que le trop rationnel Poirot se révèle le plus démuni. Il cherche à reconstituer la vérité quand, comme Ariadne Oliver, il ferait mieux de l'imaginer. Je vous laisse méditer là-dessus.

J'espère avoir le plaisir de vous revoir prochainement. À mon procès, peut-être ?

*

Claude,

Je me rends compte que je ne vous ai jamais remercié pour votre récit de mon expédition au dépôt postal.

Il m'est agréable de voir que vous témoignez à Agatha les égards qu'elle mérite. Tant de gens — auteurs, détectives, criminels — pillent chaque jour son œuvre sans reconnaître ce qu'ils lui doivent.

Bien que Poirot confesse une tendresse particulière pour Cartes sur table, *je partage votre avis selon lequel il ne s'agit pas de sa meilleure performance : enquête bâclée, rebondissements rocambolesques, psychologie sommaire, voire franchement incohérente dans le cas de Roberts. Heureusement, l'enthousiasme et l'énergie communicative d'Ariadne Oliver sauvent la mise.*

*Il semble qu'Agatha se soit prise d'une affection tardive pour ce personnage. Après une parenthèse de quinze ans, elle le fait réapparaître dans cinq des dix dernières aventures de Poirot (*Mrs McGinty est morte, Poirot joue le jeu, La troisième fille, La fête du potiron *et* Une mémoire d'éléphant*), comme si l'intuition fulgurante de la romancière se révélait de plus en plus nécessaire pour pallier les déficiences (largement exagérées par ses détracteurs) de Poirot.*

Un conseil néanmoins : restez à l'écart du Cheval pâle, *où Mrs Oliver mène l'enquête aux côtés de l'inspecteur Lejeune. Ni l'un ni l'autre ne sort grandi de cette aventure lamentable.*

A.

P-S : Maillard m'interdit d'assister à votre procès.

Mardi 13 juin

Souri en remarquant une ruse de Brunet qui m'avait échappé.

Le 27 mai, une visite à l'état civil anéantissait ma théorie selon laquelle Émilie avait écrit à son beau-frère avant de disparaître : Brunet était enfant unique. Afin d'alimenter mon délire (d'apaiser mon angoisse ?), mon adversaire a alors composé à mon intention la fable grossière de la prodigalité sperma-tique du professeur Plume, à laquelle je me suis laissé prendre comme un bleu. (Je viens d'appeler l'hôpital Duchère, où l'on me confirme qu'aucun docteur Plume n'a jamais exercé.)

Mais je soupçonne le scénario ourdi par Brunet d'avoir été encore bien plus pervers. Le 20 mai, je notais dans mon journal avoir rendez-vous avec Monique à l'hôpital Duchère. Brunet, se souvenant que je n'avais pas d'enfants, s'est alors embarqué dans une suite d'inférences parfaitement plausibles : si Achille n'a pas d'enfants, c'est peut-être parce qu'il est stérile ; il y a de fortes chances qu'il ait hérité cette tare de son père (car c'est un fait avéré, bien que paradoxal : la stérilité masculine est souvent héréditaire); or Achille est vivant, ce qui signifie que ses parents ont probablement eu recours à la fécondation in vitro.

Je mettrais ma main au feu que les choses se sont déroulées ainsi. Cependant, la seule chose que Brunet ne pouvait prévoir, c'est qu'entre le 28 mai (date à laquelle il a reçu mon journal) et le 29 (date à laquelle il m'a transmis sa réponse), j'avais rayé, dans un souci d'efficacité, la mention de mon rendez-vous à Duchère avec Monique. Un trait horizontal de quelques centimètres a privé Brunet de son triomphe. Il ne fait aucun doute qu'il se serait énormément amusé en me voyant calculer la probabilité que lui et moi descendions du même père.

Cet épisode prouve s'il en était encore besoin que Brunet se paie ma tête depuis le début. Curieusement, je n'arrive pas à lui en vouloir.

Mercredi 14 juin

    Cher Achille,
    Je me suis livré tantôt à quelques recherches sur
Le mystère d'Edwin Drood. *Le moment me paraît*
venu de vous faire part de mes conclusions.
    Vous invoquez dans votre journal deux arguments
de nature à disculper John Jasper de l'assassinat de
son neveu. Jasper n'aurait pas agi directement et
Dickens aurait chargé sa barque pour mieux l'inno-
center dans la deuxième partie du récit.
    Vous omettez, peut-être à dessein, une troisième
explication qui a ma préférence : Dickens, se sachant
condamné à brève échéance (il avait déjà subi une
attaque un an plus tôt), aurait cherché à écrire un
livre à l'issue indécidable. Sans aller jusqu'à pré-
tendre qu'il a planifié sa mort (je ne peux toutefois
m'empêcher de noter que sa disparition coïncida
presque au jour près avec celle de son héros), de
nombreux exégètes soutiennent en effet que l'auteur
*d'*Oliver Twist *a mis un soin malicieux à créer un*
problème insoluble. Ils citent en renfort de leur
hypothèse le titre même du roman (le terme de mys-

tère ne désigne-t-il pas dans la religion chrétienne ce qui échappe à l'entendement?) ainsi que le fait qu'à plusieurs reprises, dans les six premiers épisodes, Dickens fait référence à des projets inachevés (le portrait de Rosa, la maison de Durdles, etc.). Pour qui prend cette théorie au sérieux, il devient impossible de statuer sur le sort d'Edwin et a fortiori sur la culpabilité de son oncle. John Jasper peut être innocent comme il peut avoir commis le premier crime parfait de l'histoire de la littérature policière.

Je vois d'ici votre poil se hérisser. Connaissant votre répugnance à envisager l'innocence de Sheppard, j'imagine à peine les tourments que doit vous inspirer la pensée qu'à l'heure où j'écris ces lignes, l'assassin de Drood jouit paisiblement des fruits de son forfait. Ne serait-il pas plus sage d'admettre une bonne fois pour toutes que certains mystères sont destinés à nous rester impénétrables? Dickens, contrairement à ce que vous insinuez, n'abandonne pas son public : il le libère au contraire de la tyrannie d'une vérité univoque en lui ouvrant les portes de la création littéraire. Le dernier signe de ponctuation de son texte n'est pas un point final mais un point de départ, un appel à continuer son œuvre.

La vie d'un texte commence véritablement à sa parution. Il se nourrit des commentaires qu'il engendre, prospère des controverses qu'il suscite. Une recension dédaigneuse, d'excessives louanges le renforcent également. Il devient peu à peu la somme de ses lecteurs, l'éventail de ses lectures. Voilà pourquoi rouvrir l'instruction du meurtre de

Roger Ackroyd ou s'interroger sur la culpabilité de Norton est à mon sens le plus bel hommage qu'on puisse rendre à Agatha. Voilà pourquoi, mon cher Achille, votre aventure ne pouvait se dénouer dans un centre de tri postal.

Prenez soin de vous.

Votre ami, Claude

P-S : Je suis mortifié à l'idée que vous consultiez ce charlatan de Maillard. Je suis bien placé pour savoir qu'il est nul. Un conseil : débranchez votre perfusion et reprenez votre stylo.

Jeudi 15 juin

Faut-il y voir la conséquence de l'article de Brunet ou les effets du confinement sur mon organisme ? Ce matin, en tout cas, une pensée m'a traversé l'esprit : et si j'avais tout imaginé ?

C'est une idée moins saugrenue qu'elle n'en a l'air. En effet, si l'on y réfléchit bien, tout ce que je sais de cette enquête provient du journal que j'ai entre les mains. Je crois, sur la base de mon écriture, pouvoir affirmer que je suis bien l'auteur de ce cahier, mais rien ne prouve que les personnes ou les faits qu'il décrit existent réellement.

Interrogé Monique sur mon emploi du temps des dernières semaines. Il est à première vue compatible avec mon récit. Ainsi, Henri Gisquet nous a bien rendu visite le 2 mai dernier. Monique est certaine de la date : elle a croisé Henri dans l'escalier alors qu'elle partait chez le médecin. « Tu n'as donc pas assisté à notre entretien ? lui ai-je demandé. — Non, vous aviez fini quand je suis rentrée. Tu m'as dit qu'Henri t'avait confié une enquête. — Comment étais-je ? — Excité. Excité et heureux. Tu ne tenais plus en place. Je me souviens que tu t'es tapoté la tempe en disant "Nous allons faire refonctionner ces petites cellules grises". Puis tu es allé acheter un cahier au coin de la rue et tu t'es enfermé dans ton bureau. D'ailleurs, maintenant que j'y pense, Henri a rappelé pendant que tu travaillais, avec les détails de ton rendez-vous du lendemain.»

Cette dernière précision ne dissipe qu'une partie de mes doutes. Je suis enclin à considérer les prémisses de l'affaire comme relativement solides. Il est probable qu'un certain Claude Brunet s'est présenté au commissariat pour signaler la disparition de sa femme, probable aussi qu'un jeune inspecteur lui a allongé une taloche pour lui arracher des aveux. Cela n'empêche pas que j'ai pu inventer tout le reste. Il n'est pas difficile de voir à quelle source j'aurais puisé mon inspiration. Mlle Landor, Marie Arnheim ou Me Deshoulières semblent tout droit sortis de romans d'Agatha, la voiture d'Émilie a été retrouvée près d'une carrière de craie et Sheppard (un autre docteur) tenait un journal d'enquête bien avant Brunet.

Je parcours justement les passages que j'ai jusqu'ici attribués à mon adversaire en me demandant si je pourrais en être l'auteur. La prose de Brunet est peut-être un peu plus allante, un tantinet moins guindée que la mienne, mais au fond, nous n'écrivons guère différemment. Quelques verres de vin à peine séparent le récit de mon entretien avec Vega de son rapport sur le fiasco du dépôt postal.

Certes, je ne connais rien à la plupart des sujets sur lesquels disserte Brunet. Mais j'ai pu me documenter. Ma bibliothèque abrite des milliers de volumes. Ce serait bien le diable si l'un d'eux ne contenait pas une monographie sur la chasse à courre ou un exposé sur la stéganographie à travers les âges. Non, les pages que je m'imagine le moins avoir produites sont paradoxalement celles qui concernent Agatha. Je persiste à penser que Sheppard est l'assassin de Roger Ackroyd et que Poirot a bien fait de régler son affaire à Norton. Encore que. Brunet me force à considérer ces problèmes d'un œil neuf. Même si je ne me permettrais pas la moitié des flèches qu'il décoche à Agatha, je trouve son iconoclasme rafraîchissant.

Où tout cela me mène-t-il? Je sais qu'il me suffirait de décrocher mon téléphone et d'appeler Henri pour connaître le fin mot de l'histoire. Curieusement, je n'en ai pas envie. Je préfère oublier, au moins jusqu'à demain, que je suis enlisé dans mon enquête et me bercer de l'espoir que je suis en train d'écrire mon premier roman.

Vendredi 16 juin

Tristesse, honte, colère : trop d'émotions me submergent à la fois. Mais le pire, c'est que j'ai bien failli ne m'apercevoir de rien.

Quand j'ai découvert ce matin cette histoire de rendez-vous à Duchère avec Monique, je n'y ai d'abord guère prêté attention. «Sûrement un examen de routine lié à mon amnésie», ai-je pensé en tournant la page. Ce n'est qu'en parcourant la dernière entrée, où Monique mentionne une autre visite chez le médecin, que j'ai réalisé qu'après tout ma santé n'était peut-être pas l'enjeu de notre expédition à l'hôpital.

J'ai questionné Monique qui m'a tout avoué.

Elle souffre d'un cancer du sein. L'oncologue de Duchère l'a appelée le jour où l'on a retrouvé la voiture d'Émilie. Il avait reçu les résultats de sa biopsie et souhaitait en discuter avec elle le plus rapidement possible. Monique m'a demandé de l'accompagner. «Je savais que c'était dangereux dans ton état mais je ne me sentais pas le courage d'affronter ça toute seule», m'a-t-elle confié. Pour un peu, elle se serait excusée.

La tumeur était encore petite, avait expliqué le médecin, à peine de la taille d'une noisette. Monique avait de la chance que son gynécologue l'ait décelée à l'auscultation. De ce fait, son pronostic était excellent.

Je n'en croyais pas mes oreilles. Comment avais-je pu ne pas rapporter dans mon journal un événement d'une telle gravité? Monique m'a fourni l'explication. Apparemment, nous étions rentrés très tard de l'hôpital. Nous avions discuté une bonne partie de la nuit des options médicales qui s'offraient à elle et de la façon d'annoncer la nouvelle à sa famille. Épuisés, nous nous étions endormis à l'aube sans que j'aie pu attraper mon cahier.

«Pourquoi ne pas m'en avoir parlé le lendemain? ai-je interrogé Monique. — Je n'en voyais tout simplement pas l'utilité. C'est déjà assez dur de t'annoncer tous les matins que tu es amnésique. — Alors tu ne m'as jamais rien dit? — Si, plusieurs fois à Riancourt pendant ta cure de sommeil. J'attendais l'arrivée de l'infirmière chargée de t'expédier dans les limbes pour déballer ce que j'avais sur le cœur. Cela me soulageait et je savais que tu n'en garderais aucun souvenir. Tu ne m'en veux pas?»

Je suis tenté d'en rester là, de noyer pudiquement le reste de notre conversation dans un océan de repentirs et de larmes. Car après tout, quand j'aurai lu demain les paragraphes qui précèdent, je saurai l'essentiel. Et pourtant, je sens que je dois à Monique, sinon à moi-même, d'exposer mon indignité dans son effroyable ampleur. Ne pas me souvenir de mes fautes ne suffit pas à m'absoudre de les avoir commises.

J'ai demandé à Monique si elle suivait un traitement. Elle m'a répondu qu'elle avait subi six séances de chimiothérapie, «le matin quand tu travaillais. Tu ne t'en es jamais aperçu». «Tout de même, ai-je insisté, une chimiothérapie s'accompagne d'un cortège d'effets secondaires : nausées, fatigue, alopécie... Tu ne perds pas tes cheveux, que je sache.» Sans un mot, Monique a empoigné son scalp et tiré un coup sec. J'ai senti ma mâchoire s'affaisser tandis que mes yeux passaient alternativement du crâne lisse comme un œuf de Monique à la crinière poivre et sel qu'elle tenait à la main. «Tu portes une perruque? ai-je gémi. Comment ai-je pu ne pas m'en rendre compte? — Nous n'avons plus beaucoup d'intimité physique, Achille, a répondu Monique. Quand tu te couches, je dors déjà, et le matin, tu te rues sur ton cahier sitôt ai-je mentionné son existence.»

Pardonne-moi Monique, mon petit soldat, mon roc, ma toute fragile. Pardonne ma brusquerie, mon égoïsme, ma vanité et laisse-moi te rendre un peu de l'amour dont tu me combles depuis tant d'années.

*

Sorti Hastings avec Monique ce soir. Il flottait dans l'air tiède un parfum de lilas. Toute la ville semblait s'être donné rendez-vous dans la rue pour célébrer l'arrivée imminente de l'été. Les tables des restaurants envahissaient le trottoir, on se baignait dans les fontaines, des adolescents en patins à roulettes dessinaient des arabesques sur le bitume. Hastings n'est pas resté insensible à ce climat d'euphorie urbaine. Il cavalait comme un fou, bousculant les passants, renversant les poubelles et pourchassant la gueuse jusque dans les arrière-cours.

En attendant mon tour chez le marchand de fleurs, j'ai décidé de ne pas brûler mon cahier comme je m'en étais fait le serment. Je connais Monique : elle saisit le bonheur quand il passe à portée mais ne fera jamais le plus petit pas dans sa direction. Si je jette mon journal, je n'entendrai plus jamais parler de son cancer et ça, c'est hors de question.

Samedi 17 juin

Message laconique de Brunet ce matin : «*Courage, Achille, vous êtes sur la bonne voie.*»

Comme il l'a écrit hier, avant de lire ce qui arrivait à Monique, je n'ai aucune idée de ce qu'il veut dire. D'ailleurs, je m'en fiche.

Nous partons nous promener en vélo au bord de l'Orgue.

Dimanche 18 juin

Cher Achille,
Mes compliments pour la façon dont vous négo-
ciez la crise qui ébranle votre foyer. Transmettez
s'il vous plaît mes chaleureux vœux de rétablisse-
ment à Monique. Je ne l'ai rencontrée qu'une fois
mais j'ai tout de suite discerné en elle une femme
exceptionnelle, brûlant d'un amour inconditionnel
pour son mari.
J'ai fini les romans d'Ariadne Oliver, y compris
Le cheval pâle *contre lequel vous m'aviez mis en*
garde. Vos réticences sont pleinement justifiées.
Dialogues décousus, répétitions, invraisemblances
embarrassantes : les derniers opus d'Agatha
souffrent de l'habitude qu'elle avait contractée,
suite à une fracture du poignet, d'enregistrer son
texte sur un dictaphone semblable à celui du doc-
teur Sheppard. Mais ne faisons point trop la fine
bouche car, même lestée de ce handicap, Agatha
nous offre avec Poirot joue le jeu *l'une de ses plus*
éblouissantes compositions.
Un couple de châtelains du Devon, les Stubbs,

251

ont engagé *Ariadne Oliver afin qu'elle organise une* murder party *pendant la kermesse de charité qu'ils donnent dans leur propriété de Nassecombe. Le principe de la* murder party *ressemble à celui d'une course au trésor : les joueurs collectent des indices qui, mis bout à bout, pointent vers la scène du crime où les attendent un faux cadavre et, pour les plus observateurs, la clé de l'énigme. L'enthousiasme initial d'Ariadne Oliver cède progressivement la place à la désagréable sensation que quelqu'un la manipule. Comme elle l'explique à Poirot qu'elle a appelé à la rescousse, les pensionnaires de Nassecombe l'ont conduite à modifier sensiblement son intrigue de départ. Quoiqu'elle soit bien en peine d'étayer ses craintes, elle n'exclut pas qu'un assassin authentique se prépare à frapper pendant la* murder party.*

Poirot, qui a appris depuis* Cartes sur table *à faire confiance aux intuitions de Mrs Oliver, met à profit le peu de temps dont il dispose avant la kermesse pour se familiariser avec les habitants des lieux. George Stubbs, le propriétaire, est un homme rougeaud et vulgaire qui a fait fortune dans les affaires. Il est marié à une ravissante idiote prénommée Hattie. Un architecte, la secrétaire de George, un parlementaire et quelques autres complètent cette éclectique galerie de portraits. Trop occupé à mémoriser toutes ces biographies, Poirot écoute d'une oreille distraite Mrs Oliver lui résumer l'intrigue extravagante à base de bigamie qu'elle a mise au point : la jeune randonneuse dont on découvrira le corps est en fait la première femme yougoslave*

d'un jeune savant atomiste ; on commencera logi-
quement par soupçonner le savant mais le châtelain
se révélera le véritable coupable.

Comme on pouvait s'y attendre, les funestes
prédictions de Mrs Oliver se réalisent le jour de la
kermesse. Marlène Tucker, la gamine du village qui
interprétait le rôle de la victime, est trouvée étran-
glée dans l'abri à bateaux, tandis que Hattie dispa-
raît mystérieusement après avoir appris l'arrivée
à Nassecombe de son cousin, Étienne de Sousa.
Poirot semble d'abord dépassé par les événements,
jusqu'à ce qu'il réalise que l'enquête présente de
surprenantes similitudes avec le script d'Ariadne
Oliver. « J'ai commis une grave erreur, confesse-
t-il. Je n'ai pas lu le texte que vous aviez remis aux
participants. » Et de fait, à peine prend-il connais-
sance des indices préparés par la romancière que
les pièces du puzzle s'emboîtent avec une facilité
déconcertante. George Stubbs (le châtelain !) a tué
Marlène Tucker car celle-ci avait compris que, non
content d'avoir épousé Hattie pour mettre la main
sur sa fortune, il l'avait éliminée pour lui substituer
sa première femme. Sachant qu'elle risquait d'être
démasquée par Étienne de Sousa, la fausse Hattie
a pris la fuite, déguisée en randonneuse. Encore
une fois, les grandes lignes de la solution s'éta-
laient noir sur blanc dès les premières pages du
livre.

Une question cruciale reste pourtant en suspens :
pourquoi Stubbs a-t-il répliqué si fidèlement le scé-
nario de la murder party *? Poirot livre sa théorie à*
Mrs Oliver : « Vous êtes un être sensible, madame.

Les ambiances, la personnalité des gens que vous rencontrez exercent sur vous leur influence. Et cela, vous nous le rendez dans vos livres. Non pas de manière évidente et grossière, mais comme une sorte de terreau sur lequel votre cerveau fertile cultive son inspiration. Au fond, vous avez toujours su davantage sur ce crime que vous ne vous en rendiez compte. » Autrement dit, Ariadne Oliver aurait perçu, grâce à sa sensibilité d'artiste, le malaise qui régnait à Nassecombe et l'aurait instillé dans son script.

Le monologue inconsolable de ladite Mrs Oliver quand elle apprend la mort de Marlène Tucker suggère pourtant une autre explication. « J'en suis malade. C'est mon crime. C'est moi qui l'ai commis. Pourquoi j'ai pu vouloir que la victime soit la première épouse yougoslave d'un savant atomiste, voilà qui me dépasse ! Quelle ânerie ! J'aurais tout aussi bien pu choisir l'aide-jardinier. Ç'aurait été dix fois moins grave, car après tout la plupart des hommes sont capables de se défendre. » Comprenez-vous, Achille ? Hercule Poirot se croit tout-puissant, mais le véritable démiurge de l'œuvre d'Agatha s'appelle Ariadne Oliver. Par la magie du verbe créateur, ses mots façonnent la réalité. Ce qu'elle écrit s'accomplit immanquablement. Elle ne capte pas les pensées meurtrières des criminels, elle les implante dans leur tête.

Mais trêve de commentaires, je retourne à ma défense. Mon procès s'ouvre demain. J'espère sincèrement vous y voir. Vous me reconnaîtrez sans difficulté : je serai assis dans le box des accusés.

Votre ami, Claude

P-S : Vous aviez oublié Parker Pyne, marchand de bonheur *dans votre liste. Mrs Oliver y fait une apparition courte mais ébouriffante. En plus, la secrétaire de Parker Pyne n'est autre que l'ultra-efficace Felicity Lemon, qui entrera ultérieurement au service de Poirot.*

*

Allongé au soleil, la tête posée sur les genoux de Monique, je feuillette mon journal, un stylo correcteur à la main. Découvert cet accessoire bien pratique ce matin chez mon papetier, où je faisais l'emplette d'un deuxième cahier (celui-ci est presque plein). Il suffit de presser le stylo contre le papier pour recouvrir celui-ci d'une fine pellicule vierge sur laquelle on peut écrire à nouveau.

Corrigé quelques fautes d'orthographe de-ci de-là, retouché deux ou trois tournures, rien que de très bénin en somme. Monique m'encourage à jouer plus hardiment de ma baguette magique. Je ne m'en sens pas encore le droit.

*

Je me relève pour noter mes impressions sur *Parker Pyne*. Drôle de bonhomme, ce Pyne, il m'était presque sorti de l'esprit. Fonctionnaire à la retraite (comme moi !), il utilise sa vaste connaissance des statistiques pour résoudre les problèmes de ses clients qu'il recrute à travers une publicité insolite («Vous n'êtes pas heureux? Consultez Mr Parker Pyne»).

La deuxième nouvelle, intitulée *L'officier en retraite*, est épatante. De retour d'Afrique, le major Wilbraham se morfond dans son cottage du Surrey. L'excitation du danger lui manque. «Je ne vais tout de même pas me mettre à chasser le lapin ou à pêcher le gardon», se lamente-t-il. Parker Pyne accepte de se pencher sur son cas moyennant cinquante livres. L'existence de Wilbraham prend sous peu une tournure positivement sensationnelle. Les péripéties s'enchaînent comme dans les meilleurs feuilletons : il rosse deux coquins qui menaçaient une jeune femme blonde prénommée Freda, découvre dans les papiers de famille de cette dernière le plan d'une carte au trésor écrit en swahili et se fait assommer alors qu'il s'apprêtait à mettre la main sur une fabuleuse cache d'ivoire. Les deux héros se réveillent dans une cave. Bientôt, de l'eau commence à couler du plafond. «Ils vont nous noyer!» hurle Freda, hystérique. C'est compter sans le courage de Wilbraham, qui parvient à desserrer ses liens et à enfoncer la porte. Tout danger finalement écarté, le major attire Freda dans ses bras et la demande en mariage (on apprend plus tard que la jeune femme était elle-même une cliente de l'agence à la recherche du grand amour).

Pyne félicite chaleureusement sa collaboratrice intermittente, Ariadne Oliver, pour la qualité de son scénario. «Tout de même, remarque-t-il, vous n'auriez pas pu trouver quelque chose de plus original que cette histoire de cellier inondé? — Pour quoi faire? répond Mrs Oliver. L'eau qui monte dans la cave, le poison, le gaz, j'en passe et des meilleures, vous savez, les gens ont l'habitude de lire ce genre de trucs. Le fait de savoir à l'avance ce qui va se passer donne un piquant supplémentaire à la peur qu'ils ressentent dans ces cas-là. Le public est traditionaliste. Il n'aime rien tant que les vieux effets usés jusqu'à la corde.»

En refermant le livre, je me suis demandé si Monique n'avait pas embauché Brunet pour me rendre le sourire.

Lundi 19 juin

Il est 22 heures. J'ai sorti Hastings. J'attaque à présent le récit de cette journée, la plus longue de l'enquête, la dernière en ce qui me concerne. Un pot de café bout dans la cuisine. Je ne peux pas courir le risque de m'endormir au milieu du gué.

Monique regarde la télévision à côté. Je lui ai dit de ne pas m'attendre pour aller se coucher.

Je l'ai abandonnée ce matin à regret pour assister au procès de Brunet. «C'est bientôt fini», ai-je murmuré en lui posant un baiser sur le front. Henri tenait absolument à ma présence, arguant qu'après l'épisode Victor Vega, il était essentiel que les différents corps de police affichent une unité sans faille. J'ai accepté à contrecœur, par solidarité avec mes anciens collègues et aussi un peu pour emmerder Maillard.

Lespinasse m'attendait au pied des marches du palais de justice. Il tenait à la main une feuille couverte de noms et de flèches de toutes les couleurs. Henri, qui se trouvait déjà à l'intérieur, avait soigneusement planifié notre entrée; Lespinasse m'a désigné ma place vers l'arrière du cortège, entre le chef des sapeurs-pompiers et un représentant de la brigade canine.

Nous avons gravi les escaliers sous le crépitement des appareils photo. Ayant rarement quitté mon bureau au cours des dernières semaines, j'ai été surpris de découvrir à quel point cette affaire était devenue médiatique. Des micros se tendaient de toute part, réclamant un commentaire, n'importe lequel de n'importe qui. J'ai regretté de n'avoir pas préparé une déclaration — la plus inepte possible. Des milliers de lecteurs se seraient interrogés demain sur le sens de mes propos en parcourant les pages intérieures de leur quotidien. Dans cent ans, les spécialistes d'histoire judiciaire se répandraient encore en conjectures sur mon communiqué. « Que diable voulait dire Achille Dunot quand il a affirmé le 19 juin que le sac à dos de Stéphane Roget pesait plus lourd que les remords de Claude Brunet ? »

La salle d'audience bourrée à craquer retentissait d'un brouhaha indescriptible. Malgré l'heure matinale, il régnait une chaleur accablante. Un inconnu m'a adressé un signe de tête alors que je m'asseyais au troisième rang sur une chaise où figurait mon nom. Il m'a fallu quelques secondes pour réaliser qu'il s'agissait de Brunet. Les mains libres, vêtu d'un élégant costume bleu marine, d'une chemise blanche et d'une cravate rouge, il parcourait des yeux l'assistance, l'air suprêmement détendu, à la recherche de visages familiers. Il a souri à Marie Arnheim (reconnaissable à son chignon blond et son visage d'ange) qui a vivement détourné le regard. Puis, remontant les travées, il a tiré la langue à

Pierre-André Moissart (identifiable à son bouc taillé en pointe) et soufflé un baiser en direction d'une vieille fille aux allures d'institutrice (probablement Mlle Landor). Le public s'amusait énormément de ces facéties.

L'entrée du juge Saint-Eustache sur le coup des 9 heures a mis fin à la pantalonnade. Les huissiers ont promptement bouclé portes et fenêtres. Il faut dire que Saint-Eustache a la réputation de ne pas plaisanter avec les horaires. Je l'ai vu rejeter la demande de mise en liberté provisoire d'un prévenu sous prétexte que son avocat tardait à revenir des toilettes après une suspension de séance. Sous sa houlette, les procès les plus compliqués durent rarement plus d'une semaine. Il n'a pas son pareil pour couper court aux effets de manche des avocats et déteste à ce point les arguties que les mauvaises langues prétendent qu'il accorderait automatiquement les circonstances atténuantes à quiconque reconnaîtrait sans discuter les crimes dont on l'accuse.

— Accusé, levez-vous, a-t-il tonné.

Brunet a jailli de son siège comme un lièvre d'un bosquet.

— Veuillez décliner votre identité.

— Claude Arthur Brunet.

— Votre adresse ?

— Domaine des Hêtres, 2 boulevard Saint-André.

— Jurez-vous de dire toute la vérité et rien que la vérité ?

Encore faudra-t-il que vous lui posiez les bonnes questions, ai-je pensé. Quand Alfred Inglethorp nie à la barre s'être querellé avec son épouse ou avoir acheté de la strychnine, il dit la vérité. L'ennui, c'est que personne ne prend la peine de lui demander s'il a tué sa femme.

— Je le jure, a dit Brunet en levant la main droite.

— Greffier, veuillez procéder à la lecture de l'acte d'accusation.

J'ai étouffé un bâillement. Je m'étais réveillé à 5 heures pour avoir le temps de me relire. Avec le recul, j'aurais pu m'en dispenser. L'épaisseur de l'acte d'accusation n'avait en effet d'égale que la minceur du dossier. Nulle information n'avait paru assez insignifiante pour être passée sous silence, à telle enseigne qu'à plusieurs reprises, durant la lecture, Saint-Eustache a ostensiblement consulté sa montre. Sans surprise, Lebon peignait Brunet sous les traits d'un être hautain, manipulateur et incapable de sentiments, piochant parmi ses travaux de recherche ceux qui corroboraient ce portrait (au premier rang desquels l'article pour la revue scientifique américaine que je n'ai pas encore lu). Il illustrait le donjuanisme de l'accusé à grand renfort de prénoms et de dates et se livrait à une fastidieuse reconstitution de son patrimoine au risque de provoquer chez le jury une indigestion de chiffres et de bilans comptables. Ne manquaient au fond que deux broutilles : le récit de la garde à vue de Brunet et une thèse crédible sur la façon dont il avait pu assassiner Émilie et Roget. Lebon prétendait, sans fournir la moindre preuve de ses allégations, que Brunet avait suivi les amants dans les Samorins, les avait tués, «probablement au moyen d'une arme à feu», puis avait jeté leurs corps dans une crevasse. Naturellement, il se gardait bien d'expliquer où Brunet s'était procuré son arme ou comment la voiture d'Émilie s'était retrouvée à Lompenas.

— Accusé, reconnaissez-vous les faits?

— Non, monsieur le juge. Je nie avoir tué mon épouse comme je nie avoir tué Stéphane Roget. J'estime être accusé à tort et je fais confiance à la cour pour établir mon innocence.

Saint-Eustache a semblé apprécier la concision de Brunet. Lebon a appelé Mlle Landor à la barre, comme premier témoin du ministère public. Je me suis redressé sur ma chaise. C'était le moment que j'attendais, celui qui allait me permettre de juger sur pièces de mes qualités de scribe.

Sans surprise, Lebon a commencé par établir les circonstances dans lesquelles Mlle Landor était entrée au service des Froy. Il avançait prudemment, posant dix questions là où une seule m'avait suffi pour exhumer, par exemple, l'épisode de la blessure à la tempe d'Émilie. Il s'est longuement attardé sur l'accident de voiture de Charles et Mathilda, obligeant Mlle Landor à décrire les larmes qu'avait versées Émilie sur la dépouille de ses parents, quand il aurait été infiniment plus instructif — mais aussi plus ardu — de montrer en quoi la tragédie avait accentué la fragilité psychologique de l'orpheline.

Puis Lebon a concentré ses questions sur la personnalité de Brunet, sans rien apprendre au public que celui-ci n'ait déjà entendu dans l'acte d'accusation. Pire selon moi, il a manqué l'occasion d'émouvoir à peu de frais les jurés en révélant que Brunet, en dépit de son prodigieux cerveau, rechigne à mémoriser la date de son anniversaire de mariage. Il a enchaîné sur Stéphane Roget — une transition évidente à laquelle j'avais moi-même recouru, faisant répéter à Mlle Landor de mille façons différentes à quel point Roget comblait sa patronne, sans jamais réussir à lui faire exprimer le bonheur d'Émilie comme je crois y être parvenu dans mon texte.

J'ai tout de même eu la satisfaction d'entendre la gouvernante employer çà et là des termes similaires à ceux de mon cahier. Cela peut signifier que Mlle Landor est l'un de ces rarissimes témoins qui ne s'écartent jamais de leur première version, ou — hypothèse qui a ma préférence — que j'ai lu si clairement dans ses pensées que j'ai réussi à les exprimer avant elle.

La déposition s'est achevée par l'évocation du jour de la disparition. Lebon exploitait avec une habileté consommée chaque aveu d'ignorance de la gouvernante. «Vous n'avez pas croisé Brunet de la journée? C'est sans doute qu'il était sorti.» «Il ne gare pas sa voiture à côté de la vôtre? Il ne veut peut-être pas que vous puissiez épier ses allées et venues.» Ces stratagèmes indignes horripilaient au plus haut point Saint-Eustache, qui a plusieurs fois rappelé à l'ordre le procureur. Même Mlle Landor semblait gênée. Brunet, lui, demeurait furieusement impassible.

11 heures ont sonné. Saint-Eustache a décrété une pause de quinze minutes. À la reprise de l'audience, Lebon a convoqué Eugénie Laplace à la barre. Un

autre procureur aurait d'abord interrogé Marie Arnheim pour approfondir l'étude du caractère des protagonistes, mais Henri m'a dit que l'accusation
préférait établir le plus tôt possible le libertinage de
Brunet.

Si je ne veillais pas si jalousement sur mon cahier,
je jurerais que Lebon l'avait consulté en douce pendant la pause. Il calquait ses questions sur les miennes
aussi sûrement que s'il avait déroulé un script. Quelle
était la contribution de Brunet aux sciences cognitives? Comment avait-il unifié les concepts de neurogenèse et de neuroplastie? Entendre Eugénie Laplace
répondre dans des termes presque identiques à ceux
que j'avais lus le matin même et qui étaient encore
tout frais dans ma mémoire avait quelque chose de
troublant et de flatteur à la fois, comme si elle m'avait
fait l'honneur de tester son texte sur moi en prévision
de l'occasion où il lui faudrait le déclamer devant un
plus large public.

L'étudiante avait soigné sa mise : sérieuse sans
être sévère, pimpante sans être coquette, elle avait
réuni ses cheveux en une queue-de-cheval bouffante
et portait un tailleur en lin gris. Dans sa bouche de
madone, les travaux de Gould devenaient limpides
et la lutte pour les faveurs de Brunet relevait de la
chanson de geste.

Le public ne boudait pas son plaisir. Chaque nouvelle excentricité de Brunet était accueillie par un
nombre égal de murmures réprobateurs et de sifflements d'admiration. Les jurés, qui avaient commencé
par prendre des notes, se sont renversés l'un après
l'autre dans leur fauteuil pour déguster le plus déli-

cieux des cocktails, une histoire vénéneuse d'adulation intellectuelle et de sexe éclairée par la figure romantique et tragique d'Émilie.

— Je te fiche mon billet que ce sont tous des lecteurs d'Agatha, ai-je soufflé à Henri en lui désignant du menton le sac de la jurée la plus proche dont dépassait un exemplaire de l'édition de poche des *Dix petits nègres*. Regarde sa voisine. Elle plisse les yeux à chaque détail croustillant sur les galipettes de Brunet.

— Et alors ?

— Une émule de Miss Marple, ça ne fait pas l'ombre d'un doute. Quant au président du jury, le prof d'histoire-géo, je te parie qu'il base son cours sur les pratiques funéraires dans l'Égypte ancienne sur le personnage d'Imhotep dans *La mort n'est pas une fin*.

Henri s'est tourné vers moi.

— Tu es sûr que ça va, Achille ? Tu n'es pas forcé de rester, tu sais.

— Mais oui, tout va pour le mieux. Tu as bien fait d'insister pour que je vienne.

L'accusation a appelé le dernier témoin de la matinée. Marie Arnheim a remonté l'allée principale dans un bruissement d'admiration. Elle était si belle et à la fois si conforme à l'image que je me fais de Greta Andersen que j'ai brièvement envisagé qu'Agatha se soit méprise sur le compte de l'Allemande.

— Madame Arnheim, a entamé Lebon en bombant inconsciemment le torse, pouvez-vous expliquer au jury comment vous avez fait la connaissance d'Émilie Brunet?

Voilà que ça recommence, ai-je pensé. Elle va répondre qu'Émilie l'a prise sous son aile quand elle est arrivée à Vernet, suite à quoi Lebon va lui demander comment cette protection se manifestait.

Ça n'a pas loupé. Le dialogue a défilé sans surprise pendant une minute ou deux.

— Elle aurait décroché son diplôme haut la main si elle avait passé l'examen, a expliqué Marie Arnheim. Notez bien que ça ne l'aurait pas avancée à grand-chose car elle aurait été malheureuse comme les pierres dans ce métier.

Cette dernière expression m'a fait tiquer. Elle n'est pas commune. Or j'étais presque certain de l'avoir employée dans mon journal.

— Pourquoi?

— Parce que c'est une incorrigible romantique. Elle prenait les architectes pour des artistes. Or les gros cabinets sont des boîtes comme les autres, où les associés ne pensent qu'à gonfler les factures et exploiter leurs collaborateurs. Sans compter qu'Émilie voulait dessiner des palais des Mille et Une Nuits, pas des galeries marchandes.

Du diable si je n'avais pas lu ces mots six heures plus tôt! J'ai plongé sous ma chaise et tiré le cahier rouge de mon cartable. Il ne m'a pas fallu plus de quelques secondes pour retrouver le passage en question. À ma profonde stupéfaction, les mots de Marie Arnheim coïncidaient très exactement avec ceux qui s'étalaient sous mes yeux.

— Il pleuvait des seaux, la chaussée était une

vraie patinoire et Charles avait tendance à se voir meilleur pilote qu'il ne l'était en réalité. Croyez-moi...

— Il s'agissait bien d'un accident, ai-je complété à l'unisson du témoin.

— Qu'est-ce que tu dis ? a sursauté Henri.

— Rien.

— Je t'ai entendu finir la phrase de Marie Arnheim.

— Mais non, j'ai deviné ce qu'elle allait dire. Ce n'était pas sorcier du reste.

Henri a failli ajouter quelque chose puis s'est ravisé. Je me suis tourné du côté opposé pour dissimuler le cahier entrouvert.

Il y avait là un miracle que je ne m'expliquais pas. Tout semblait indiquer que Marie Arnheim récitait un texte que j'aurais écrit à son intention. Mais outre qu'elle ne donnait pas le moins du monde l'impression de jouer la comédie, je voyais mal comment la retranscription de notre entretien aurait pu se retrouver entre ses mains. Bien sûr, on ne pouvait théoriquement exclure l'hypothèse selon laquelle Marie Arnheim rejouait à son insu la scène qui s'était déroulée le 8 mai à son club de golf. Brunet aurait expliqué cela très bien : «Nos neurones sont des circuits électrochimiques déterministes. Toutes choses égales par ailleurs, la même question posée à deux moments différents déclenchera la même association d'idées, qui produira à son tour une réponse identique.» Nul besoin d'être mathématicien cependant pour comprendre que la probabilité que Marie Arnheim répète mot pour mot les paroles prononcées six semaines plus tôt était infinitésimale, sans même parler de celle que j'aie consigné ses propos sans la moindre erreur ce jour-là.

Au fond, quelle importance si j'avais implanté son texte dans la tête de Marie Arnheim ou si je n'en étais que le fidèle transcripteur. Entendre cette femme exquise prononcer des mots que j'avais préalablement tracés de ma plume suffisait à mon bonheur. Un lien nous unissait désormais, pour lequel Émilie aurait sacrifié sa fortune sans broncher — le plus intime peut-être qui puisse exister entre un homme et une femme. Nous avions lu l'un en l'autre comme dans un livre et rien ni personne ne pourrait effacer le souvenir de ce moment.

Ma jouissance se doublait de l'impression d'être un marionnettiste, l'auteur d'une fantaisie qui prenait vie sous mes yeux. Cahier sur les genoux, j'écoutais défiler mes dialogues avec délectation, tel un dramaturge qui, assistant à la générale d'une de ses pièces, redécouvre à mesure la subtilité de son texte. Questions et réponses s'enchaînaient impeccablement, régies par la logique impérieuse que je leur avais impartie et qui n'était visible que de moi. Seul bémol, l'actrice vedette, prodigieuse de naturel dans le rôle de la meilleure amie, éclipsait outrageusement la doublure engagée au pied levé qui lui donnait la réplique.

J'ai fermé les yeux pour savourer ma félicité. La voix enchanteresse de Marie Arnheim a envahi mon cerveau.

— Je suis peut-être un peu sévère avec Eugénie Laplace. Il paraît qu'elle ignorait que Claude était marié. Et on peut dire d'une certaine façon qu'elle a dessillé les yeux d'Émilie. N'empêche que sa lettre a causé une sacrée onde de choc aux Hêtres. Émilie n'avait jamais soupçonné que son mari pût lui être infidèle...

Il faisait chaud. Une lumière éblouissante tombait du soleil au zénith. J'étais attablé face à Marie Arnheim, resplendissante dans une robe de tennis blanche coupée aux épaules. Les cris des enfants chahutant dans la piscine couvraient le cliquetis des fourchettes.

— Vous voulez sans doute dire qu'elle n'en avait aucune preuve, ai-je murmuré. Car pour ce qui est de l'idée, je ne connais pas une épouse à qui elle n'ait un jour traversé l'esprit.

Marie Arnheim a jeté un coup d'œil à son mari qui était justement, à cet instant, penché vers sa ravissante voisine de table. Croisant mon regard, elle a éclaté de rire.

— Vous connaissez bien les femmes, monsieur Dunot.

J'ai rouvert les yeux, sonné, sans bien savoir ce qui venait de se produire. M'étais-je remémoré cette scène ou l'avais-je imaginée à partir des indications de mon cahier?

Je n'ai guère eu le temps d'y réfléchir. Saint-Eustache a suspendu la séance pour le déjeuner. Henri, que j'avais entendu donner rendez-vous à Lebon, a filé à l'anglaise, sans me proposer de me joindre à eux. Au lieu de quoi, j'ai cassé la croûte dans une gargote avec mon voisin, l'agent de la brigade canine, qui fait partie d'un équipage de chasse à courre concurrent de celui de Brunet. La réputation d'Auguste est arrivée jusqu'à ses oreilles. On prétend qu'il suivrait son maître en enfer.

Henri est revenu de ces agapes avec un air de conspirateur et une haleine à réveiller un mort. Il m'a expliqué sa stratégie pour neutraliser l'inconnue Victor Vega.

— Tu comprends, s'il témoigne, il sera obligé de décrire les violences qu'il a infligées à Brunet.

J'ai admis que les effets d'une telle confession sur l'image de la police seraient désastreux.

— Le problème, a-t-il repris dans d'épouvantables remugles aillés, c'est que Brunet escompte un double bénéfice de la déposition de Vega : elle explique son amnésie et fait de lui un martyr. Comme, de leur côté, ni Lebon ni Saint-Eustache ne tenaient particulièrement à voir l'institution judiciaire traînée dans la boue, j'ai proposé un compromis : Vega ne comparaîtrait pas en personne mais rédigerait une déclaration qui serait lue devant la cour.

L'élaboration de la déclaration a donné lieu, comme on pouvait s'y attendre, à d'âpres négociations. La première proposition d'Henri lui est revenue couverte de ratures. Brunet récusait le terme de « maltraitances » et insistait pour employer celui de « sévices ». Il exigeait aussi des excuses, entendait préciser que son interrogatoire avait duré presque douze heures et parlait d'annexer un rapport médical à la déclaration. Henri ne voyait pas d'inconvénient à mentionner la durée de la garde à vue et se faisait fort d'obtenir des excuses de Vega. Il estimait en revanche qu'un rapport médical long et jargonnant risquait de rebuter les jurés et suggérait de laisser à Maillard le soin de décrire les blessures qu'il avait observées. Il les récapitulait pour mémoire : nez fendu, entaille à l'arcade sourcilière, lèvres tuméfiées et quelques contusions au visage. Brunet ayant menacé de produire des photos, le nez «fendu» est subitement devenu «fracturé» et trois côtes fêlées ont fait leur apparition sur la liste.

— Et Vega? ai-je demandé en me pinçant discrètement le nez. Que pense-t-il de tout ça?

— Il a failli tout faire capoter, l'imbécile! Tout à mes tractations avec Brunet, j'avais négligé de m'assurer de sa coopération, pensant qu'il serait trop heureux de se voir épargner un déballage au moins aussi pénible pour lui que pour nous. Or il s'est montré le plus intraitable de tous et n'a accepté d'apposer sa signature au bas du document final que contre l'insertion d'une phrase sur les provocations de Brunet et la restauration de ses droits à la retraite.

Cette dernière précision m'a arraché un sourire.

Grâce aux explications d'Henri, j'ai pu apprécier à sa valeur la performance de Brunet, tandis que le greffier procédait à la lecture du texte de Vega. Il s'était composé un masque douloureux et ponctuait les passages les plus explicites de longs soupirs, juste assez sonores pour être audibles des jurés.

Je, soussigné Victor Vega, sans profession, remercie la cour d'avoir accédé à ma requête de me laisser témoigner par écrit. Je souhaite, à travers cette déclaration établie sous serment, rendre compte des événements qui se sont déroulés au commissariat du IVe arrondissement dans la soirée du 30 avril dernier.

Vers 19 heures, M. Claude Brunet s'est présenté au commissariat pour signaler la disparition de son épouse, Émilie Brunet, née Froy. Mme Brunet avait quitté le domicile conjugal (sis 2, boulevard Saint-André à Vernet) la veille vers 6 h 15 du matin, au volant de son automobile. Selon M. Brunet, elle était passée prendre M. Stéphane Roget, son instructeur de yoga avec qui elle entretenait une liaison, à son domicile 7, rue des Drômes, avant de mettre le cap sur le massif des Samorins où les amants avaient l'habitude de randonner.

Il était convenu entre M. et Mme Brunet que cette dernière rentrerait en fin d'après-midi afin d'honorer une invitation à un vernissage de peinture. Vers 20 heures, sans nouvelles de Mme Brunet et dans l'incapacité de la joindre sur son téléphone, M. Brunet a appelé la galerie Adrien pour se décommander et déclare avoir passé le reste de la soirée à regarder un film à la télévision. Le lendemain, en proie à une inquiétude croissante, il s'est rendu rue des Drômes où Mme Léonie Valdemar, qui habite au n° 10, lui a dit n'avoir remarqué aucune activité devant le domicile de M. Roget depuis plus de vingt-quatre heures et lui a fourni l'adresse du commissariat le plus proche.

M. Brunet m'est apparu préoccupé par la disparition de son épouse, suggérant qu'elle avait pu faire une mauvaise rencontre en montagne. Il a affirmé n'avoir pas quitté son domicile du week-end *et m'a décrit avec une grande précision les activités auxquelles il s'était livré au cours des deux derniers jours : correspondance, lecture, rédaction d'un article scientifique, etc.*

Vers 23 heures, jugeant les explications de M. Brunet peu convaincantes et interprétant certaines de ses réponses comme des provocations, j'ai décidé de le placer en garde à vue. Je lui ai donné lecture de ses droits et lui ai passé les menottes, comme l'article 231.7 du code de procédure pénale m'y obligeait. Mes collègues étant rentrés chez eux, j'étais alors le seul officier de permanence au commissariat.

Les traits d'Henri se sont tendus. On abordait le passage crucial de la déclaration. Sans s'en rendre compte, il s'est mis à mimer du bout des lèvres les paroles du greffier, comme ces parents qui veulent aider leurs rejetons au spectacle de fin d'année.

Pour des raisons que je ne m'explique toujours pas et qui me hanteront jusqu'à la fin de mes jours, j'ai ensuite recouru à des techniques d'interrogatoire de plus en plus répréhensibles. Entre 23 heures et 6 heures du matin, j'ai frappé M. Brunet à plusieurs reprises au visage et au corps en utilisant le plat de ma main, mes poings, mes pieds et divers objets plus ou moins contondants. Je lui ai enfoncé le visage dans le clavier de ma machine à écrire. Je lui ai violemment tiré les cheveux et piétiné les mains. Je lui ai infligé des dizaines de brûlures de cigarette sur différentes parties de son corps. Je préfère ne pas imaginer de quels autres sévices j'aurais pu me rendre coupable si l'inspecteur Lespinasse n'était arrivé pour prendre son service.

Je mesure la gravité de mes actes et ne conteste nullement les sanctions disciplinaires qui ont été prises à mon encontre. Mes supérieurs ont fait preuve d'une fermeté exemplaire et méritée en me radiant des forces de police, sans possibilité de recours.

Je présente mes excuses à la cour, à M. Brunet, à mes proches ainsi qu'à tous mes anciens collègues, en espérant que mon indignité ne rejaillira pas trop sur eux.

— Et voilà le travail, a dit Henri en se frottant les mains.

J'aurais aimé partager son optimisme. Les derniers mots du greffier s'étaient perdus dans un tumulte de cris et de trépignements. Un reporter est sorti ventre à terre pour appeler son journal. L'angle de l'affaire avait radicalement changé : Brunet était passé du statut de coupable présumé à celui de victime. On allait vendre pas mal de copie le lendemain.

Lebon a ensuite appelé Maillard à la barre. J'ai prédit à Henri que le psychiatre allait laminer l'accusation.

— On n'a pas le choix, a-t-il nerveusement répondu. Ça fait partie de l'accord avec Brunet.

— Vous l'avez fait répéter, au moins ?

— Il n'a pas voulu.

Et pour cause. Maillard n'avait jamais digéré la façon dont Henri avait étouffé les exactions de

Vega. Par esprit de revanche, il a expliqué en quel piteux état Brunet avait été admis à Riancourt, décrivant chaque plaie et chaque bosse en termes médicaux compliqués qui donnaient l'impression que les blessures étaient infiniment plus graves qu'en réalité. Un œil au beurre noir devenait dans sa bouche «une accumulation de sang et de liquide tissulaire autour des paupières» tandis qu'un simple bleu accédait au statut de «tuméfaction violacée». À chaque nouvelle invention, Henri se tortillait sur sa chaise en vitupérant : «Mais il va la fermer, bon Dieu! Ah si j'avais su, j'aurais encore préféré des photos!»

Maillard avait habilement réservé pour la fin la conséquence la plus dévastatrice des exploits de Vega. La révélation de l'amnésie de Brunet a plongé le public dans une transe que Saint-Eustache, résigné, a laissé se prolonger plusieurs minutes. Les reporters entraient et sortaient à présent comme dans un hôtel borgne ; certains dictaient même leur papier au fond de la salle.

Lebon n'a pas ménagé ses efforts pour faire dire à Maillard que Brunet aurait dû recouvrer la mémoire depuis longtemps. Le psychiatre est resté droit dans ses bottes. Les lésions psychiques cicatrisaient moins vite que les brûlures de cigarette (sursaut d'Henri). Claude Brunet avait subi un traumatisme d'une gravité inconcevable. Son amnésie était une défense, une manière de tenir à distance les réminiscences des traitements odieux qu'il avait endurés (nouveau sursaut). Nul ne pouvait dire quand il se sentirait prêt à affronter ses démons. Dans un mois, dans cinq ans, peut-être jamais. Quand, en conclusion, Maillard a appelé l'administration judiciaire à traiter Brunet avec douceur et compréhension, «par égard autant aux regrettables circonstances de sa garde à vue qu'à la tragédie personnelle qu'il traversait», j'ai bien cru qu'Henri allait s'étrangler.

Saint-Eustache a décrété une courte pause avant d'appeler Brunet à la barre. Les révélations de Maillard étaient encore sur toutes les lèvres. Alertés par la rumeur, de nouveaux journalistes piaffaient à la porte. Les huissiers débattaient entre eux de l'opportunité de retransmettre l'audience dans une salle annexe. L'atmosphère déjà surchauffée menaçait de devenir carrément irrespirable.

Lebon a d'abord passé une heure et demie à établir des faits que personne ne contestait. L'accusé avait trompé sa femme avec plusieurs de ses étudiantes. Il recevait ses conquêtes dans une garçonnière rue de Leipzig. Émilie s'apprêtait à demander le divorce et à le rayer de son testament. Lebon tournait chaque requête de façon que Brunet ne puisse répondre que par l'affirmative, comme s'il espérait qu'après deux ou trois cents «oui», l'accusé finirait par développer une forme de réflexe grâce auquel il serait possible de lui faire avouer n'importe quoi.

Brunet se prêtait de bonne grâce à cette mascarade. Sans jamais afficher le moindre signe d'irritation, il étudiait avec le plus grand soin chaque question de Lebon, opinant à la plupart, corrigeant de-ci de-là une erreur factuelle minime, tout en nuançant subtilement, chaque fois qu'il en avait l'occasion, la thèse générale du procureur. L'argent ne l'intéressait pas. Il admettait ses aventures mais prétendait aimer son épouse comme au premier jour (j'admirais la formulation). Bien qu'il eût encore espoir de convaincre Émilie de donner une seconde chance à leur couple, il se serait résolu, le cas échéant, au divorce.

L'accusation éplucherait encore la liste des maîtresses de Brunet à l'heure qu'il est, si Saint-Eustache, tel un conducteur soucieux de sa moyenne, n'avait soudain intimé l'ordre à Lebon d'accélérer le mouvement. Le procureur s'est résolu, la mort dans l'âme, à aborder les événements du week-end de la disparition. Sa première question lui a donné un avant-goût de ce qui l'attendait.

— À quelle heure s'est levée Émilie le samedi ?

— Je ne m'en souviens pas.

— Vers 6 heures ?

— Je ne m'en souviens pas.

— C'est pourtant ce que vous avez déclaré à l'inspecteur Vega.

— C'est possible. Je ne m'en souviens pas.

— L'inspecteur Vega était un officier assermenté au moment des faits. Seriez-vous en train de l'accuser de mentir ?

— Non.

— Vous admettez donc qu'Émilie s'est levée à 6 heures le jour de sa disparition ?

— Non. Je ne sais pas quand Émilie s'est levée. Je n'ai aucun souvenir de cette journée, ni de ce que j'ai pu dire ou ne pas dire à l'inspecteur Vega. Il est possible que je lui aie dit la vérité, possible aussi que je lui aie menti.

— Ha ha ! s'est triomphalement exclamé Lebon. Vous reconnaissez qu'il est possible que vous ayez menti à l'inspecteur Vega !

— Je me borne à énoncer une évidence. J'ai pu faire à peu près n'importe quoi ce jour-là : cueillir des myrtilles dans les Samorins, réfléchir dix heures d'affilée à un coup d'échec ou passer l'après-midi au zoo à regarder s'épouiller les macaques. Certaines activités me paraissent plus probables que d'autres, mais je m'interdis par principe d'en écarter aucune. Vous gagneriez à en faire autant.

Je n'ai pu m'empêcher d'admirer l'insolence de Brunet. Il se payait le luxe de sous-entendre qu'il aurait volontiers avoué le meurtre d'Émilie pour peu qu'il se souvienne l'avoir commis.

Tout à coup, j'ai réussi à formuler ce que j'avais confusément pressenti ce matin en lisant mon cahier. Brunet nous disait que nous n'arriverions jamais à reconstituer avec certitude son emploi du temps du week-end mais que rien ne nous empêchait d'essayer. Son amnésie ne devait pas nous inhiber ; elle devait nous libérer. Elle n'était pas un voile noir, mais une feuille blanche, le point de départ d'une histoire qu'il nous invitait à écrire avec lui.

Le problème avec Lebon, c'est qu'il n'a aucune imagination. Il a continué à poser ses questions, d'une voix de plus en plus lasse. J'ai senti la fatigue me rattraper. Je me suis laissé glisser sur ma chaise et j'ai fermé les yeux. À vrai dire, il est même possible que j'aie dormi.

Le box des témoins était vide quand j'ai rouvert les yeux. Le public commentait à voix basse la prestation de Brunet. Lebon, la mine en papier mâché, fixait douloureusement le plafond.

— Monsieur le Procureur, avez-vous un autre témoin ? a demandé Saint-Eustache.

— Non, monsieur le Juge, a répondu Lebon. L'accusation en a terminé.

— Dans ce cas, a dit le magistrat en levant son marteau, les débats sont suspendus jusqu'à demain. Qu'y a-t-il, monsieur Brunet ?

— Avec votre permission, monsieur le Juge, je souhaiterais appeler à la barre le premier témoin de la défense.

— Il est tard, monsieur Brunet. Nous l'entendrons demain.

— Je me permets d'insister, monsieur le Juge. Mon témoin est de santé fragile. Je souhaiterais profiter de ses bonnes dispositions actuelles pour l'interroger.

Saint-Eustache semblait peser le pour et le contre. Brunet a trouvé l'argument qui a fait pencher la balance en sa faveur.

— J'ajoute qu'il s'agira de mon seul témoin. Après sa déposition, nous pourrons passer aux plaidoiries.

La perspective d'une issue rapide au procès s'est révélée irrésistible pour Saint-Eustache.

— Dans ces conditions, je vous accorde une demi-heure. Si vous n'en avez pas fini alors, nous poursuivrons demain.

Brunet a hoché la tête en signe de reconnaissance.

— Merci monsieur le Juge. J'aimerais interroger M. Achille Dunot.

— La cour appelle Achille Dunot à la barre, a mécaniquement tonitrué le greffier.

Je me suis levé. Henri, qui avait sursauté à l'appel de mon nom, s'est effacé pour me laisser passer.

— Pas de bêtise, Achille! m'a-t-il glissé.

— Ne t'inquiète pas, lui ai-je répondu. Je m'y attendais.

C'était la vérité. Après lecture de mon cahier, il était évident qu'aucun autre dénouement n'était possible. Il n'y avait plus ni proie ni chasseur : Brunet et moi allions écrire ensemble les dernières pages de l'enquête. Et pas question de lui extorquer la vérité, c'est lui qui tenterait de me l'inculper. Le lecteur de roman policier en moi en frissonnait d'excitation.

J'ai pris place dans le box des témoins. Le greffier a vérifié mon identité puis m'a fait prêter serment.

— Jurez-vous de dire toute la vérité et rien que la vérité?

— Je le jure.

— Accusé, a déclaré Saint-Eustache, le témoin est à vous.

— Merci monsieur le Juge, a répondu Brunet. Monsieur Dunot, vous vous êtes énormément investi dans cette affaire. Que s'est-il passé selon vous le week-end où Émilie et Stéphane Roget ont disparu?

J'en suis resté bouche bée. Je m'étais attendu à ce que Brunet invoque notre amnésie commune pour apitoyer le jury ou qu'il m'interroge sur les similitudes existant entre la disparition d'Émilie et celle d'Agatha. Sûrement pas en tout cas qu'il me pose la seule question dont il savait pertinemment, pour avoir lu mon journal, que j'ignorais la réponse.

— Je ne sais pas.

— Allons, monsieur Dunot, je croyais que vous saviez tout.

— C'est ce que j'ai longtemps cru. À l'évidence, j'avais tort.

— Je suis convaincu pour ma part que vous en savez plus que vous ne le pensez. Fiez-vous à votre intuition, monsieur Dunot.

Mes petites cellules grises fonctionnaient à plein régime. Brunet paraissait trop sincère pour que je le suspecte de chercher à se délecter du spectacle de mon impuissance. Il essayait de me dire quelque chose, quelque chose qu'il n'était pas autorisé à me révéler mais que je possédais suffisamment d'indices pour deviner moi-même. «Je croyais que vous saviez tout.» Qui savait tout, sinon Poirot? Brunet m'avait cependant mis en garde contre le Belge, à qui il arrivait, selon lui, de se tromper. Alors qui? «Fiez-vous à votre intuition, monsieur Dunot.»

Et soudain, j'ai su. Quelque part dans ma tête, une digue a cédé, livrant passage à un déluge d'idées. Sans prendre la peine de les ordonner, je me suis lancé :

— J'ai six merveilleuses explications. L'ennui, c'est que je n'ai aucun moyen de savoir laquelle est la bonne.

— Écoutons-les toujours, a dit Brunet en souriant.

— Primo, vous avez suivi Émilie et Stéphane Roget dans les Samorins à bord d'une voiture volée.

Tapi derrière un arbre, vous avez fracassé le crâne de Roget avec une pierre et étranglé Émilie. Après avoir jeté les corps dans une crevasse, vous avez repris la voiture d'Émilie à la nuit tombée. Vous l'avez abandonnée dans un fourré au bord de la carrière de Lompenas, où vous attendait un deuxième véhicule volé — sans doute une motocyclette — qui vous a ramené à Vernet. Ou alors...

— Qu'est-ce que c'est que cette histoire ! s'est écriée une voix derrière moi. De quel droit...

— Ou alors, ai-je continué sans me retourner, Émilie a mis en scène sa disparition pour vous compromettre. Elle a acheté des faux papiers au marché noir et viré une partie de ses avoirs à l'étranger avec la complicité de Mlle Landor. À l'heure où nous parlons, elle et M. Roget coulent des jours tranquilles dans les Caraïbes. Ou encore, ils se sont suicidés pour sceller leur amour dans l'éternité. Roget, en adepte de Bouddha, aura convaincu Émilie qu'ils se réincarneraient en un de ces couples de perruches qu'on appelle des inséparables.

Ces trois-là avaient jailli comme un torrent. J'ai repris ma respiration. D'autres phrases se formaient déjà dans ma bouche et se bousculaient pour sortir.

— Il n'est également pas exclu qu'ils aient trouvé la mort dans un éboulement, ai-je poursuivi. Avec le dégel, cette période de l'année est propice aux glissements de terrain. Ou bien — en voilà une excellente — je les ai moi-même tués accidentellement. J'aime conduire seul sur les routes escarpées des Samorins. J'ai remarqué ce matin que mon pare-chocs était enfoncé. Peut-être ai-je perdu le contrôle de mon véhicule et renversé Émilie et Stéphane. Sous la violence de l'impact, leurs corps ont été catapultés dans le ravin tandis que je perdais connaissance. Ou alors...

Je me suis brusquement tu, comme si quelqu'un avait fermé une vanne dans mon cerveau. Il m'a fallu quelques secondes pour retrouver mes esprits. Le public se tenait les côtes de rire. Seules deux personnes ne partageaient pas l'hilarité générale : Henri, qui me fixait d'un air consterné, et Mlle Landor, qui tentait désespérément d'attirer l'attention du greffier.

Saint-Eustache a joué du marteau pour ramener le calme.

— J'ignore où vous voulez en venir, monsieur Dunot, ou sur quels éléments vous basez vos conjectures. Je vous invite tout de même à ne pas abuser de la patience de la cour. Qu'y a-t-il, monsieur le Procureur ?

Lebon compulsait frénétiquement ses notes.

— Le témoin a mentionné six explications mais n'en a fourni que cinq.

— Je lui fais grâce de la dernière, a déclaré Brunet. Je vous remercie monsieur Dunot, je n'ai pas d'autres questions. Mes amitiés à votre épouse.

Saint-Eustache a levé la séance. Dans la confusion qui a suivi, je me suis faufilé vers la sortie, ignorant Henri qui venait à ma rencontre. J'ai dévalé les marches du palais de justice juste à temps pour attraper le bus.

À bord, j'ai sorti mon cahier et mon stylo magique. J'ai d'abord corrigé une épithète qui me taraudait depuis le matin puis une autre. Enhardi par mon impunité, j'ai remanié un paragraphe entier en retenant mon souffle. La Terre ne s'est pas arrêtée de tourner. Par contre, j'ai failli rater ma station.

Monique avait préparé un bon dîner. J'ai ouvert une demi-bouteille de champagne. Hastings m'a rapporté le bouchon, je lui ai lancé une côtelette.

Je trouve Monique fatiguée. Son traitement est terminé. J'ai suggéré que nous prenions des vacances. Je l'ai entendue appeler l'agent de voyages après la fin de son programme.

Le jour se lève. J'ai travaillé toute la nuit. Je n'ai pas vu le temps passer.

Je ne retournerai pas au tribunal tout à l'heure. Lebon et Brunet ont déjà composé leurs plaidoiries. À quoi bon répéter ce qui est déjà écrit quelque part quand on peut faire œuvre originale ? Du reste, je n'ai aucun doute que Brunet sera acquitté. Tant mieux pour lui. Je lui souhaite bonne chance dans ses travaux.

Sa victoire ne signifie pas mon échec. Il est possible après tout que certaines affaires soient indécidables. Quand trop d'explications se présentent, la sagesse consiste parfois à n'en choisir aucune.

J'arrive à la dernière page. Mes yeux se ferment. Pour autant, je ne pose pas le cahier sur la table de la cuisine avant d'aller me coucher. Je le range à sa place, dans la bibliothèque, au milieu des livres d'Agatha.

Je remercie particulièrement David et Judith, ainsi que mes correcteurs habituels, Julien et Marie-Hélène.

L'œuvre d'Agatha Christie a suscité une copieuse littérature dans le monde entier. Il se trouve que deux de ses plus brillants exégètes sont français. Les arguments qu'emploie Brunet pour réhabiliter le malheureux docteur Sheppard sont largement tirés du livre de Pierre Bayard *Qui a tué Roger Ackroyd?* Quant au terme de «détectande», on le doit à Annie Combes, dont le livre *Agatha Christie, l'écriture du crime* est le plus riche que j'ai lu sur l'univers de la reine du crime.

DU MÊME AUTEUR

Aux Éditions Gallimard

LES FUNAMBULES, 1996 (Folio n° 4980).

Voir aussi Collectif, RECLUS in *La Nouvelle Revue française*, n° 518, mars 1996.

ÉLOGE DE LA PIÈCE MANQUANTE, 1998, coll. «La Noire» (Folio n° 4769).

LES FALSIFICATEURS, 2007 (Folio n° 4727).

LES ÉCLAIREURS, 2009, prix France Culture-*Télérama* 2009 (Folio n° 5106).

ENQUÊTE SUR LA DISPARITION D'ÉMILIE BRUNET, 2010 (Folio n° 5402).

GO, GANYMÈDE !, 2011 (Folio 2 € n° 5165).

Chez d'autres éditeurs

MANIKIN 100, Éditions Le Monde/La Découverte, 1993.

EN FUITE, *Nouvelles Nuits*, n° 7, 1994.

ONZE, «L'actualité», nouvelle, Grasset, 1999.

Composition Graphic Hainaut
Impression Novoprint
à Barcelone, le 10 avril 2012
Dépôt légal : avril 2012

ISBN 978-2-07-044689-6./Imprimé en Espagne.

240358